重啟人生的千金小姐正在攻略龍帝陛下

3

永瀬さらさ
Sarasa Nagase

Kadokawa Fantastic Novels

插畫／藤末都也

c o n t e n t s

重啟人生的千金小姐正在攻略龍帝陛下
3
龍神。沒有強大魔力的人看不見祂的樣貌。
哈迪斯・提歐斯・拉維
拉維帝國的年輕皇帝。龍神拉維轉世，被稱作「龍帝」。
羅
龍王。由吉兒養育中。
吉兒・薩威爾
克雷托斯王國薩威爾邊境伯爵的千金。正在重啟第二次人生。

傑拉爾德・迪亞・克雷托斯

克雷托斯王國的王太子。
在原本的時間線裡，
為吉兒的未婚夫。

菲莉絲・迪亞・克雷托斯

克雷托斯王國第一王女。
傑拉爾德的妹妹。

艾琳西雅・提歐斯・拉維

拉維帝國的第一皇女。
哈迪斯異母的姊姊。
擔任諾以特拉爾領地的龍騎士團團長。

里斯提亞德・提歐斯・拉維

拉維帝國的第二皇子。
哈迪斯異母的哥哥。

卡米拉（本名為卡米羅）

龍妃騎士，弓箭名手。

齊克

龍妃騎士，使用大劍。

～普拉堤大陸的傳說～

這塊土地是愛與大地的女神克雷托斯，以及真理與天空的龍神拉維各自眷顧守護的土地。受到女神力量加持的克雷托斯王國，與受到龍神力量加持的拉維帝

⚜序章⚜

「吉兒，祝妳十一歲生日快樂。」

從辦公桌那頭遞過來的，是黑色的絲質緞帶。

這讓打從心裡以為要談公事的吉兒吃了一驚，看向自己的未婚夫。她的未婚夫用食指往上推了推眼鏡的鼻橋，稍微別開視線。

「……在士官學校裡，只是綁頭髮用的繩子還能允許使用。」

「是、是的！我很高興，非常感謝您，傑拉爾德大人……！」

在小心翼翼地接到手上後，緞帶的手感滑順到彷彿要從手中溜走，她不禁緊緊握住，但緞帶沒有因此產生皺褶。在輕輕摸了摸胸口平復心情後，又重新看向緞帶。

（為了讓我在士官學校裡也能使用……他還特地為我著想。）

吉兒即將進入傑拉爾德一手創立的士官學校就讀。當聽到傑拉爾德通知自己的王太子妃教育要結束時，吉兒還以為是因為自己無論對刺繡或詩歌都拿不出成果而失去寵愛，沒想到卻接到了不同的任務。

妳比較適合當軍人。拉維帝國不知何時會攻打過來，為了為兩國開戰做準備，是否能擔任王太子直屬的游擊隊隊長呢？——關於擅長事物的判別，傑拉爾德的判斷是正確的。被稱為戰鬥民族的薩威爾家，無論男女老幼都會學習戰鬥方式，這是因為他們的領地所處位置緊鄰拉維帝國國境的關係。當他們能夠使用魔力打倒吐著火焰燒毀一切的龍時，才可稱為獨當一面。

吉兒欣喜地接下傑拉爾德私底下的委託，並因為他對自己說：「只要建立軍功，對我選妳為太子妃有意見的人也會無話可說。」這句話感到高興。

「現在的狀況不但無法為妳舉辦慶生會，連心情也無法鬆懈。」

「請不必在意。儘管這件事要保密，現在正處於拉維帝國的第二皇女向你確認婚約意願的時期，無論是要拒絕還是接受，現在公開我是未婚妻的事，只會變成挑釁拉維帝國。」

本來預計在吉兒十一歲生日時，正式對外宣布她是傑拉爾德的未婚妻，不過正好在前幾日，拉維帝國前來打探傑拉爾德與第二皇女締結婚約的意願，而且是本人親自來訪，於是便暫時將宣布的事作罷。

若放棄長年競爭的假想敵國主動提出的要求，實在無法讓人高興。現在，拉維帝國正發生假皇帝騷動，年輕皇帝哈迪斯．提歐斯．拉維所持的天劍遭到他的皇叔拉迪亞大公——格奧爾格．提歐斯．拉維指稱是假的，同時自稱為新皇帝。

向傑拉爾德試探與拉維帝國第二皇女娜塔莉．提歐斯．拉維締結婚約意願的人，正是自稱為新皇帝的格奧爾格。即便是吉兒也知道，那是以克雷托斯的援助為目的，才前來進行這項政治策略的提議。如果不謹慎判斷，便會捲入拉維帝國的內戰之中。

「拉維帝國的狀況怎麼樣了？」

「拉迪亞大公已經說服占領帝都的諸侯們，但最關鍵的人物哈迪斯．提歐斯．拉維卻不知去向，因此目前呈現膠著的狀態，應該還得花上一段時間才會有結果。在那之前，與娜塔莉皇女的婚約一事，只能先打迷糊仗了。」

「傑拉爾德大人在去年的生日宴會上曾向那個行蹤不明的皇帝打過照面吧？他是個什麼樣的人呢？聽說他不只是皇帝，更是龍神轉世的龍帝，是真的嗎？」

「哈迪斯．提歐斯．拉維是龍帝沒錯。他身上散發的霸氣，只要一眼便能看得出來。看不出那個人就是真正龍帝的人，不是眼睛瞎了，就是有即使知道事實也不能承認的原因。」

傑拉爾德嘲諷地笑著，吉兒眨了眨眼。說起哈迪斯．提歐斯．拉維，便是傳聞中被詛咒的皇帝，不久前他才針對水上都市貝魯堡發生的事件進行了無情的肅清，不僅震驚帝國，連克雷托斯王國都驚訝得心裡發毛。那場肅清在帝國內部造成強大反彈聲浪，克雷托斯王國內部也視為危險的徵兆。

然而，傑拉爾德卻說他才是真正的龍帝。

「那麼，拉迪亞大公——格奧爾格就是假皇帝嘍？」

「沒錯。我推測他到夏天可能就會輸了。不是因為被討伐，就是因為瘟神皇帝的詛咒重新出現，不知道他會以哪種方式敗陣。不過，說到底都是別國的事，我們國家能安然度過皇女婚約的事才是最好的……只是因此會造成妳的困擾。菲莉絲也因此罵了我一頓，說我才剛跟妳訂婚，就害妳感到不安。」

「不、不會。我才是……那個，新娘教育的課程我一點進步都沒有，非常抱歉……」

「如果無法知道拉維帝國的事件何時能解決，正式宣布妳是未婚妻的事，就得延到明年以後了，不過會成為王太子妃的人就是妳，我已經這麼決定了。」

聽到他那麼說，吉兒紅著臉點頭回應。就在這個時候——

「傑拉爾德大人，方便打擾嗎？娜塔莉皇女不知去向了。」

只輕輕敲一下門，沒等到回應便直接進入辦公室進行報告的人物，讓傑拉爾德瞇起了眼。但這個人因為備受信任並沒有受到責備，他便是傑拉爾德推薦給吉兒的副官候選人，是位有才華的人物。

「勞倫斯，怎麼回事？」

「載著娜塔莉皇女的馬車在越過薩威爾邊境領地一帶時遭受不知名人士的襲擊，把皇女帶走了。似乎是看準薩威爾家和護衛交接的時間點進行襲擊。」

「犯人的目標是？」

「只能希望不是克雷托斯的人做的。更重要的是，犯人們帶走皇女後逃離的方向，問題比較大。關於目的地，是若想要找即將成為下任國王的你麻煩，就一定會想到的地點——恐怕是要將皇女帶去南國王的後宮。」

「咚」地一聲，傑拉爾德的拳頭捶在辦公桌上。然而，他做了一個深呼吸後，就將滿腔憤怒與焦躁情緒壓抑在心底，只有黑暗的眼瞳中，閃爍著對親生父親的憎恨。

「緊急派人去搜索娜塔莉皇女並將她救出來，絕對不能被拉維帝國逮到這個漏洞。我會去試探拉維帝國的動向。」

「傑拉爾德大人，那個，如果您允許，我也回老家加入搜索行列！」

來自他國的皇女在自己的國家遭到綁架，背後有政治方面的疑慮自然不在話下，而且假如娜塔莉皇女沒有找回來，事情會變得很棘手。

（雖然不願意那麼想，但如果在克雷托斯國內發現她的屍體，最糟的情況會是開戰……！）

只是沒想到，傑拉爾德回答的語調卻是前所未有的嚴厲。

「不行，妳什麼也別做！那個南國王要是知道妳的事，不知道會做什麼！」

他激動生氣的模樣讓吉兒驚訝地瞪大眼睛，隨即向勞倫斯下達指示。

「也有可能已經為時已晚。勞倫斯，你可別因為姊姊的事有所耽誤而造成失敗啊。」

「我們應該彼此彼此吧？」

「你認為我可能會犯那種錯嗎？如果憎恨能夠殺死他，我早就那麼做了——我去看看菲莉絲的情況。」

吉兒心情複雜地目送未婚夫帶著嚴肅神情的側臉走出去，勞倫斯輕輕拍了拍她的肩膀。

「這件事交給我們就好。」

「可是……傑拉爾德大人那麼煩惱，我不能什麼都不做……」

傑拉爾德從不稱呼親生父親的國王為父王。在公開場合上，他會以國王陛下稱呼，私底下則直接稱他為南國王。那名父親將大半的公務都丟給傑拉爾德處理，自己則在克雷托斯南方的王家直轄地建造了一座後宮，沉溺於放蕩淫亂的生活。理所當然會對他感到憎惡。吉兒了解這個家族關係已經降到冰點，沒有一點溫暖。

（也許是他只能與菲莉絲大人才能有共鳴的家族問題……）

雖然吉兒成為傑拉爾德的未婚妻只有半年左右，還是希望自己身為未婚妻能為他盡一些力。

「傑拉爾德殿下不希望妳去冒這個危險，畢竟對方是南國王。」

「但是只要是為了傑拉爾德殿下，我能去戰鬥。」

「真可靠呢！那麼，妳就當作自己在保護他身為男人不想讓未婚妻遇到危險的自尊心如何？就算是傑拉爾德殿下，應該也會希望能在心儀的女性面前有所表現。」

心臟漏了一拍後，吉兒的頭上噴出火來。

（這、這樣啊，原來是那麼回事啊。戀愛真是太難了。）

說實話，她是因為有生以來第一次受到如同公主殿下般的對待，以及見到王子殿下神采飛揚的模樣，才一鼓作氣地答應婚約。隨著日子一天天過去，她對傑拉爾德的尊敬之意不斷增加，雖然已經隱約察覺這份心情應該就是初戀，但可惜自己對這些事很陌生，總是因為不知該怎麼做才對而困惑不已。

——因此在那之後的未來中，即使到了被稱為軍神大小姐又即將結婚的十六歲時，對於自己受傑拉爾德欺騙，也並沒有太大的反抗。正因為自覺對戀愛的事很遲鈍，才會輕易地承認是自己的錯。

傑拉爾德真正愛的人是親妹妹菲莉絲，自己只是為了隱藏這段禁斷的關係而遭到利用的笑柄而已。

（畢竟傑拉爾德大人處決了我耶！現在還對這件事抱持疑問，真是太傻了。）

——但王兄明明也曾經同樣需要妳，並且愛著妳呢？

吉兒揉著惺忪的睡眼起身，早晨暖洋洋的陽光灑在附有天篷的偌大床鋪上。這裡不是自己在故鄉的房間，也不是在王城時得到的房間。

這裡是至今還沒看習慣的鄰國天花板與床鋪。

旁邊沒有任何一個人，非常安靜，今天的天氣也很好。然而自己卻差點就要嘆氣，吉兒發現後，趕緊用雙手輕輕拍了拍雙頰。

第二次度過十一歲的臉頰，還很有彈性又柔軟。

確認這件事之後，她深吸一口氣，從口中吐出。

「不要在意、不要在意！現在的我不是傑拉爾德殿下的未婚妻，而是龍妃。是龍帝哈迪斯・提歐斯・拉維的妻子！」

而這裡是假皇帝騷動剛平定的帝都拉爾魯姆當中的帝城，是拉維皇帝的寢室。

以前曾發生過的「因無情的肅清造成帝國內亂加速的貝魯堡殉情事件」以及「因拉迪亞大公的離奇死亡對被詛咒的皇帝恐懼加劇的假皇帝騷動」全都沒有發生。這是吉兒避免與傑拉爾德訂下婚約後，正在重新度過不同人生的世界。

她獨自走向洗臉台準備打理自己。看著鏡子時，確認自己沒有綁著黑色緞帶，也沒有留戀。

相對地，她現在有的，是在床下的籃子裡睡覺的雄壯軍雞，以及放在架子上的可愛熊玩偶。這兩樣都是哈迪斯送的。

「蘇提，你明明是隻雞，為什麼早上會起不來呀？」

「咕……」

「熊陛下就拜託你了喔。」

她將穿戴著華麗斗篷與王冠的熊玩偶放進蘇堤所在的籃子中。

接著準備走出寢室，當手放到門上時，不禁稍微猶豫了一下。

（居然會夢到那些事……是我感到不安嗎？因為擔心是否能和陛下處得好。）

傑拉爾德是一名優秀的王太子。除了過度溺愛妹妹這點以外，幾乎可以說是個完美的王子殿下。體貼細心自然不用說，文武雙全外又是知名的神童，被稱為南國王的父親雖然棘手但也慢慢控制住了。不但部下對他的信賴深厚，更受到人民的愛戴。

因此不管吉兒有什麼想法，只要全交給他處裡就好。

——而相較之下……

「啊，早安，吉兒。早飯做好了喔。」

走出寢室後，立刻有香味撲鼻而來。香味從與廚房成為一體的寬敞迎賓間傳來。靠近露台的餐桌上擺著色調柔和的歐姆蛋與煎熟的培根，以及利用前一晚剩下的食材製作的蔬菜法式清湯。桌子中央的籃子裡則放了用裸麥製作的麵包和貝果。全都是穿著圍裙的皇帝親手做的料理。正從平底鍋盛裝出來的番茄醬，應該就是使用了今天早上從後院的小塊田地裡摘取的番茄製作的。

「怎麼一直盯著看？啊，還有妳喜歡的草莓牛奶喔。」

因為叛亂剛結束，因為帝城裡的人手不足，或是為了提防被毒殺不如自己動手做飯比較快，她也相當明白有各種因素，但是……

「陛下，現在不是早上的會議時間嗎？」

聽見吉兒的詢問，哈迪斯全身一顫後回頭看向她。

即使他現在身穿圍裙，仍然是拉維帝國的皇帝、龍神拉維轉世的龍帝。儘管現在他的魔力有一半遭到封印，依然還是比任何一個士兵強大，而且本人也有做鍛鍊。可能是因為在邊境長大，沒有養成他穩定的心緒，但是也意外地博學又聰明。

這個人絕對不遜色於傑拉爾德。不，甚至能贏過他，然而——

「可是只要我出席，大家不是突然身體不舒服缺席，就是無視我，那樣只是浪費時間而已。如果里斯提亞德皇兄火冒三丈的來罵人，我就會去。」

「果然是會議的時間啊！您卻還這麼悠閒地在這裡……陛下可是皇帝啊！」

「現在去也晚了，再說對我而言，妻子的早餐比較重要！」

吉兒沮喪的雙肩垂了下來。

對於喜歡飲食的自己而言，這點並沒有讓她不滿。雖沒有不滿，但相當不安。畢竟皇帝回到帝都後從早到晚沉浸在料理中，甚至在田地摘取番茄，大家會怎麼看呢？

「……我還以為你回到帝都後，至少會把圍裙脫下來……！」

「咦？不適合我嗎？」

「就是因為適合才讓人感到困擾啊！陛下，這樣真的沒問題嗎？自從回到帝都後，我沒見過您出席會議或是做其他像皇帝會做的事耶！」

「放心放心。我都有和里斯提亞德皇兄與艾琳西雅皇姊好好討論事情。」

聽他那麼一說，吉兒便無法回話了。應該說——

（我什麼也沒聽說耶！不過說得也是，我現在檯面上不是陛下的未婚妻，只是個什麼也不是的陌生人而已嘛！）

這些話如果說出口，只會造成他的困擾，她只好自己在心裡鬧彆扭。

這是在來到帝都後才體會到的事。吉兒雖然已經接受龍神拉維的祝福成為哈迪斯的妻子——龍妃，不過那僅止於在龍的世界承認這件事。在人類的世界裡，吉兒完全沒受到任何人承認，所以連哈迪斯的未婚妻都稱不上。所以她被告知，在完成最低限度的形式之前儘量不要表現過於顯眼，而且什麼事都不讓她做。因此哈迪斯從宮殿出門後都做了些什麼，她全都不會知道。

明明自己已經宣示過會讓這個男人過得幸福、不會讓他一個人，甚至還誇口要為這個男人生下十個孩子——對於吉兒所下的決心，哈迪斯究竟有沒有接收到呢？

吉兒雖然很想問，又不知道該怎麼開口才好。

「話說回來，妳的十一歲生日禮物決定好了嗎？」

脫下圍裙的哈迪斯開口詢問在餐桌邊默默喝著草莓牛奶的吉兒。

就在不久前，吉兒滿十一歲了，然而當時哈迪斯遭到敵人囚禁押送當中，完全不是慶祝的時機。而隨後得知錯過她生日的哈迪斯哭天喊地，於是當時講好要另外找一天舉辦生日派對盛大慶祝，不過哈迪斯似乎希望能送吉兒想要的東西當禮物，於是這幾天不斷地問她。

「什麼都可以喔，料理我會準備，所以妳要說料理之外的東西。想要洋裝、寶石、花朵，還是城堡都可以！要不然玩偶也可以喔，哈迪斯熊之後可以送妳哈迪斯兔！」

「您說什麼都可以，但我說了想要自己直屬的軍隊時，您說了不行吧？」

「不行喔，因為那不是妳想要的東西，而是妳認為需要的東西吧？」

吉兒被他輕描淡寫地說中心思而嚇了一跳。在對面座位坐下的哈迪斯露出微笑。

「我想送的不是妳需要的東西，而是妳想要的東西。」

「這、這個要求可真難呢……」

她不禁停下正在進食的手，嘀咕道。

（我想要一些身為妻子能做的事，但那樣似乎又不對……戀愛好難啊。不過我得努力，陛下他——和傑拉爾德大人不一樣……）

她無意識地如此心想，接著趕緊用力搖搖頭。自己好像很奇怪。

哈迪斯仍微笑著等待她的答案。從他身後悄悄出現的，是長了白色翅膀的蛇——龍神拉維的身影。祂正等著要吃放在廚房冷卻的塔。啊，有靈感了。

不是需要，而是想要的東西。

「對了，陛下，那麼我想要自己的龍——」

「龍妃————————！」

一個音量極大無比的叫聲，伴隨著一陣強風灌進露台。吉兒趕緊按住差點掀翻的桌子，隨後看見哈迪斯張開結界阻擋暴風。

勉強將臉伸到露台裡的是一頭紫眼黑龍。龍的階級首先以鱗片顏色決定，同色的龍之間以金眼為上級，紫眼為下級。其中黑龍是僅次於龍神拉維，地位最高的龍，而現在只有一頭紫眼的雌龍，也就是說，牠是龍的女王。

看著那頭沒有一點威嚴又驚慌失措的龍，吉兒眨眨眼。

「這麼突然，發生什麼事了？妳不是先回龍的巢穴了嗎？」

「龍妃！誕生了！我回到巢裡就發現牠誕生了！我的配偶！」

興奮地大喊的紫眼黑龍頭上，有一球黑色的東西掉落下來。那東西滾著滾著，碰到吉兒的鞋尖後停住。它的大小大概比人類的嬰兒再大一圈。

那團黑色的東西扭動起來，首先出現了小小的翅膀，接著在抖動全身後，露出一張臉。當牠看見吉兒後，整張臉的神情似乎亮了起來，大概是錯覺吧。

看起來還很軟的鱗片，是美麗的黑色。而牠抬頭看著吉兒的圓滾滾地眼睛，是金色的。

「金眼的黑龍……」

「嗚啾！」

體型嬌小的龍王非常有活力地，用可愛的聲音回應了喃喃自語的吉兒。

第一章 黑龍陛下，養育最前線

幼小的金眼黑龍踩著不穩的步伐，東倒西歪地不斷跌倒。而牠自己似乎不知道發生什麼事，每次跌倒都眨著眼睛東張西望。

「天啊，真是太可愛了……！」

「啾？」

「喂，那裡很危險啊！」

「啾！」

牠受到各種物品吸引注意力而四處走動，身後則有龍妃的騎士們——也就是吉兒部下的卡米拉與齊克緊緊跟著。紫眼黑龍凝視著這幅情景說道：

「牠還不會飛。一般而言，龍在出生後只要經過一、兩天就會飛了……」

「牠現在出生後幾天了？」

「自從我在巢穴裡發現出生的牠之後，至今已經過了七天。」

也就是表示，照道理應該會飛了。

黑龍非常引人注目，而且這裡的空間太小了，吉兒從露台走到後院，興致高昂地看著正搖搖晃晃地從齊克身邊逃走的金眼黑龍。牠的翅膀似乎很小，不過體格看起來相當健康，從那四處活動的狀況看來，實在看不出身體有什麼問題。

「……之前說過，金眼黑龍是順應陛下的心靈而長大的吧？」

「沒錯，是以龍帝的心靈為養分成長，也等同於龍帝的心靈狀態。」

那麼說，也就表示——

紫眼黑龍與吉兒的眼神自然而然地落在那個原因身上。靠在露台的門上看著這邊的哈迪斯瞇起了眼睛。

「怎麼了？我跟那個像球一樣的龍才沒有關係喔。」

「……確實經常跌倒。」

吉兒才剛說完，小黑龍的腳就因為絆到石頭華麗地摔了一跤。還因為摔出去的作用力一路滾著，直到撞到樹幹才停下。幾片綠葉翩翩落下。

「我的配偶，沒、沒事吧？」

紫眼黑龍擔憂地詢問後，便看到那雙金色眼睛浮現淚水。

「嗚哇啊啊啊啊啊啊啊！」

「啊啊啊，你很痛啊！哪裡？哪裡痛？我幫你舔一舔吧。看～不痛了。」

「真是的，陛下，我就叫你不要一直跑了啊！」

「好了好了，別哭別哭喔。不痛了不痛了。沒事唷，陛下。」

「那個跌得滿地滾的不是我啊！」

當哈迪斯喊著的同時，正被紫眼黑龍舔拭的金眼黑龍，打著嗝搖搖晃晃地走到吉兒的腳邊。

「嗚啾。」

牠淚眼汪汪地催促著吉兒抱牠，於是吉兒便彎腰將牠抱起來。

看著這幅情景的哈迪斯表情僵住了。

「你、你這傢伙！不要做作地撒嬌！這樣會害我受到誤會啊！」

「是陛下呢～」

「確實是陛下沒錯。」

「我才不像那樣！拉維，沒錯吧？」

「那就是你啊！」

連養育自己長大的拉維都斬釘截鐵地那麼回答，哈迪斯震撼得雙膝都跪了下來。隨即又抬起頭纏著吉兒問道：

「吉兒沒有那麼想吧？我沒有像牠一樣對吧？你不要黏著吉兒，她是我的妻子！你的配偶在那邊才對，走開！」

「嗚啾——————！」

「好痛，你咬人！這傢伙咬我啊！吉兒，好痛喔！」

「不可以吵架喔，呃……對了，名字！首先來決定這孩子的名字吧！」

沒名字太麻煩了。紫眼黑龍很有威嚴地說道：

「好吧，但是不能叫牛排。」

「不行啊。」

「妳為何認為可行？以防萬一先說清楚，我也不叫牛排！」

「啊，放心，我幫妳想了別的名字！後來仔細想想，畢竟是女生，所以還是幫妳重新想一個漂亮又好聽的名字比較好……蕾亞（Rare）這名字妳覺得如何？」

黑龍眨了眨紫色的眼睛後，在口中複誦這個名字。

「蕾亞……蕾亞啊，不錯呢。遠比牛排好太多了！好，今天起我的名字就是蕾亞！」

「太好了！我也會為金眼黑龍想想牛排以外的名字。因為我非常期待牠的誕生。」

那雙圓滾滾的金色眼睛往上看著吉兒，在回望那雙眼睛後，吉兒緩慢地開口：

「你的名字叫羅（Raw）如何？」

「啾……」

牠應該是在口中複誦這名字吧。隨後動了動小小的翅膀，並且不斷點頭。蕾亞則幫忙翻譯：

「牠覺得這名字很好。」

「太好了！陛下也覺得取這名字好嗎？」

「咦？怎、怎麼說呢……那個，可能是我多心，難道牠們的名字是來自肉的熟度……？」

「嗚啾？」

吉兒將驚愕的羅塞到哈迪斯的手上，哈迪斯雖然驚訝，但很自然地將羅抱在懷裡，看著他這樣的身影，吉兒很滿意。

「這樣就到齊了呢！」

「什麼到齊了？難不成是指食材和廚師嗎？吉兒，這個是我的心耶！」

「嗚啾嗚啾！」

「所以妳是為了讓我們看羅，特地帶牠來這裡嗎？」

吉兒無視哈迪斯與羅，轉身面向蕾亞，蕾亞皺起了眉頭。

「這也是其中一個原因，而且牠若繼續待在巢穴裡養育會很危險，因為巢是以能夠飛行的前提製作的。當牠在小河中滑倒，從頭部往下掉並且被沖走時，我嚇得半條命都沒了……身、身為龍王卻在小河中溺死！這份恥辱可會延續到末代，妳明白嗎？」

「那、那還真的是……沒錯。咦？那麼，難道妳是為了把羅寄放在我這裡嗎？」

蕾亞的眼神看起來很不安，但明確地對她點點頭。

「沒錯，想請妳照顧到牠會飛為止，有龍妃在也是某種緣分吧。」

「嗚啾————？」

「別那麼說，羅，這麼做我也相當不捨。不過，若由我照顧，便會過度溺愛你，那樣不是辦法……再說，外面的世界太有趣了！」

嗯，吉兒理解地點點頭。

「畢竟這二十年左右，蕾亞為了守護那顆蛋一直待在那裡嘛。」

「說得沒錯！哎呀，相隔這麼久重新伸展翅膀，實在太開心了。明明都快三百歲，還興奮得不得了，真是丟臉。」

「一點都不丟臉喔，那是件好事！就像我也是，最近沒事可做實在是太無聊了……」

這下不就正好有個工作從天而降嗎？而且是受託照顧龍王。

（龍妃——是個像陛下妻子的工作！）
於是吉兒幹勁十足地點頭回道：
「我明白了！羅就交給我照顧，蕾亞去盡情享受假期吧！」
「喔喔，真是幫了大忙！龍妃，交給妳了。等到羅差不多能飛時，我再來迎接牠。」
「嗚啾？」
「再會了，我的丈夫！你的妻子很忙的！」
蕾亞張開巨大的翅膀，轉眼便升到空中，接著漂亮地一個轉身，便往雲層的另一端飛走了。
吉兒揮手目送，在她身後，拉維吸著鼻子啜泣低喃著：
「我還是第一次看到配偶拋下金眼黑龍不管啊……」
「不……不會覺得很過分嗎？居然這樣對我的心……被妻子拋下……」
「嗚啾……」
「沒有時間感到低落了，首先要進行飛行訓練！我會嚴格執行的。」
看到吉兒轉過身，哈迪斯便緊緊將羅抱在懷中向後退，簡直就像打算保護自己的心一樣。
「妳、妳說要做飛行訓練，吉兒，妳對龍有那麼了解嗎？」
「嗚啾嗚啾。」
羅也緊緊抓著哈迪斯不放。
「我是不了解，不過只要問拉維大人就可以了吧？」
「啊，我今天已經累了，要回哈迪斯體內了，晚安。」

「拉維，祢嫌麻煩所以逃跑太卑鄙了啦！這、這下……吉兒，既然拉維不在了，這件事就交給艾琳西雅皇姊……不然乾脆交給里斯提亞德皇兄比較安全？」

又提起哥哥和姊姊啊。他們手足間感情好是件好事，但吉兒不知為何感到一陣不悅。

「不可以，就由我來照顧這孩子！」

「可是，那個……對了，今天的晚餐要吃什麼好呢？能拜託妳去幫忙採買嗎？」

「想要蒙混過去是行不通的，蕾亞前來委託照顧這孩子的人是我！是我接下這份委託的。」

她義正嚴詞地說道，哈迪斯與羅同時露出害怕的表情。真沒禮貌。

「我不會做危險的事，一開始只會把牠稍微丟出去試試，說不定會趁勢飛起來。」

「那樣就夠危險了，不要把我的心丟出去！」

「還得訓練牠的肌肉！肌肉非常重要！」

「那是什麼意思？是指會變好吃的意思嗎？喂，你快逃——啊！」

「嗚啾……」

回過神時，羅已經暈頭轉向有如累癱般倒下。卡米拉「哎呀」地叫了一聲，手抵在臉頰上。

「牠是不是光想像飛行訓練就暈倒了呀？」

「看來牠的心靈與身體都很弱呢，跟陛下一樣。」

不知是否因為無法反駁，哈迪斯靜靜地發抖。希望自己和羅沒有關係想拋下牠不管的心情，以及希望能好好珍惜牠的心情，內心正在交戰吧。

「不過牠應該是個只要願意努力就能做得好的孩子，就跟陛下一樣。我會盡全力養育牠！」

「怎麼說呢，總覺得無法接受……要讓妳養育牠……」

哈迪斯嘀咕著，在他手臂中的羅也緊緊皺著眉頭，不斷發出像是惡夢中低吟的鳴叫聲。總覺得很可愛。

「陛下，我要照顧這孩子，可以吧？」

「可、可是……這是要照顧龍的小孩，只有妳一個人做太辛苦，也找其他人幫忙……」

「我可是龍妃耶！可以做得很好的。」

她伸出雙手，哈迪斯雖然微微皺著眉頭，仍然將羅交給她。吉兒接過後，緊緊抱住羅。羅是哈迪斯的心。他能交付給吉兒，就是信任她最好的證據，真令人高興。

「我絕對會讓牠學會飛！」

「別這樣，吉兒，我有不好的預感……」

彷彿是肯定哈迪斯這個沒禮貌的發言似的，羅的眼瞼抽筋般的抽動起來。

「事情就是這樣，所以就由我來養育黑龍了！請多多指教。」

「哈迪斯是笨蛋嗎——————————！」

哈迪斯的哥哥里斯提亞德，今天也精神十足地在辦公室裡大聲喊著。他從辦公桌探出上半身的氣勢大到讓堆在桌上的文件紙張紛紛飛落。

「那是金眼黑龍耶！是龍王耶！就算妳是龍妃，這世界上怎麼有這種笨蛋會把牠交給一個只

有十一歲的少女來養育！到底是哪個笨蛋！」

「是龍的女王和里斯提亞德殿下的弟弟！」

聽到吉兒元氣十足的回答，里斯提亞德直接把臉從正面敲在辦公桌上。看起來好像很痛。

「現在連早上的例行會議都沒辦法正常地進行，大批的高官們都逃離這裡，指揮系統亂成一團，帝國軍當中包含將軍在內，有半數以上的人不知去向，可以說是瓦解的狀態，留下來的人都是無處可逃的基層人員，搞不清楚事情運作的狀況，目前人手不足，甚至連身為皇族的我不親自處理會計事務，就無法擬定帝都的復興計畫，在這種節骨眼還告訴我十一歲的少女要養育龍王……我的祖國怎麼會……怎麼會淪落到這種地步……！」

「里斯提亞德，不要這麼唉聲嘆氣的。既然是龍的女王指名，那只能聽從了。吉兒的個性很認真……再說了……」

哈迪斯與里斯提亞德的姊姊艾琳西雅撿起桌邊散落的文件，往吉兒揹著的背包看過去。從背包中露出了一張臉，裡面裝的正是從鼻子發出呼呼的聲音，睡得正熟的羅。

「……真是可愛呀？一點威嚴也沒有，完全看不出是龍王。」

「對呀，牠跟陛下一模一樣呢。還不會飛，走路姿勢也很笨拙，非常可愛！」

「別說了，我會受不了……！」

摀著臉的里斯提亞德又開始唉聲嘆氣起來，艾琳西雅趕緊轉移話題。

「總而言之，牠得學會飛才行。一般而言，龍都是跟著龍學習的，不如在帝都裡龍的廄舍中幫牠準備一個床鋪，讓牠邊看邊學如何？」

「關於這件事，我剛剛帶牠過去時，這孩子哭著逃出來了。」

「怎麼會？難道是布倫希爾德牠們對黑龍做了什麼不該做的事？」

聽到里斯提亞德點名自己的愛龍，吉兒趕快搖頭否認。

「不是，牠好像是自己受到驚嚇了。不知道是因為牠不擅長與其他的龍相處，還是有其他原因……」

黑龍當時驚訝地張大嘴焦急地來回走動，在因為四處撞到東西跌倒後忽然大哭起來，讓其他的龍看了慌張不已。羅對於其他龍而言，地位僅次於龍神拉維的王，想保護牠又想幫助牠而讓場面非常混亂，在受到混亂的影響下，羅又大哭起來，形成了惡性循環。接著，差不多在這個時間點，哈迪斯說：「我看不下去，接下來交給妳了……」便腳步飄忽地遠離而去。

里斯提亞德兩手抱胸思考起來。

「既然如此，只能把牠安排在帝城裡了……原本為了迎接牠的到來，應該要好好為牠蓋一座宮殿，並且安排專門負責照顧的人才對……但是國庫……國庫……！」

「里、里斯提亞德，振作點，就算你暈過去，預算也不會變多的！」

「現在不是蓋東西或僱用人手的時候了啊。」

在辦公室出入口看守的卡米拉逮到機會開口。

「吉兒，我們可是一直還沒有領薪水唷～」

「有準備我們的床和食物已經夠了吧？衣服和武器也都有直接配給，現在因為假皇帝騷動兵荒馬亂的，要以度過現在的狀態為優先。能不必煩惱食物和睡覺的地方就足夠了。」

齊克安撫卡米拉的話，反倒微妙地讓身為上位者的吉兒感到心痛。她小心翼翼地詢問：

「那、那個……國庫真的那麼困難嗎……？」

艾琳西雅「嗯」地應聲，並嚴肅地點頭。

「因為之前的騷動讓逃離帝城的那些人，從寶物庫中帶走了很多東西……現在人手不足使支出變少，倒是挺慶幸的。妳和哈迪斯的訂婚儀式延期也是因為這樣，無法讓妳以龍妃的身分在帝城光明正大地走動，就是因為資金困難……」

艾琳西雅垂頭喪氣地說道，吉兒慌忙搖搖頭：

「沒、沒關係的，比起訂婚儀式，我也更希望以能夠支付部下的薪水為優先……！」

「除了資金困難外，因為帝國軍現在是半毀的狀態，要保護帝都有困難這點也很頭痛。如果至少能知道逃出去的帝國軍——薩烏斯將軍他們的行蹤，或許還能夠想點對策。」

艾琳西雅雙手抱著胸沉思，重新振作起精神的里斯提亞德回答：

「他完全隱蔽了自己的蹤跡，我們只能一步步腳踏實地的做了。」

「難道沒辦法從在外面飛翔的龍取得情報嗎？」

「如果不是上級的龍，並沒有辦法那麼仔細地分辨出一般人類的區別。況且，薩烏斯將軍也清楚這類的事情。所以如果我們是從龍身上得知逃走的帝國軍情報，最好也要認為那十之八九是個陷阱。」

「但是，他們移動的人數相當多吧？就算可以掩飾移動路線，不過要潛伏在某個地方，我認為一定會出現蛛絲馬跡。」

里斯提亞德對吉兒提出的問題聳聳肩。

「妳說得沒錯，應該是有人包庇他們吧。」

「會是斐亞拉特公爵嗎？」

在拉維帝國被稱為三公爵的三大公爵家，自古以來便支持著帝室。分別為擁有軍港都市的斐亞拉特公爵、擁有貿易都市的萊勒薩茨公爵，以及擁有堡壘都市的諾以特拉爾公爵。拉維皇帝從三公爵的公主中娶妃已經是慣例，因此他們與拉維皇族也都有姻親關係。

如同里斯提亞德的外祖父是萊勒薩茨公爵，艾琳西雅的伯父是諾以特拉爾公爵，都是他們兩人各自的後盾。而假皇帝騷動的主謀者格奧爾格，則有斐亞拉特公爵作為後盾。

這麼一想，斐亞拉特公爵以及與他相關的人物是最該警戒的。

然而里斯提亞德用手撐著下顎嘆了氣。

「斐亞拉特公爵表示自己沒參與皇叔那件事，並且一概不知情。而實際上，也沒有發現逃走的帝國兵們前往斐亞拉特領地的跡象。」

「那逃走的帝國兵們究竟去了哪裡……」

「如果有其他可能的地點，就是自由都市拉迪亞了吧。那裡是皇叔以大公身分代為治理的領地，但是拉迪亞的輔佐官回報說那裡沒有異常，當然了，並不知道他說的是不是真的。」

里斯提亞德的報告讓吉兒垂下肩膀。在一旁的艾琳西雅說道：

「我非常在意逃走的帝國兵沒有四散各地，而是團體行動的原因。」

「難道他們不是單純因為害怕被處決才逃走，而是想為格奧爾格大人打復仇之戰……？」

「這個可能性很高啊。皇叔在帝國兵當中很受愛戴，薩烏斯將軍就是當中最具代表的人。」
「請別說了，皇姊。現在這種情況下要是發生叛亂，我會過勞死的。」
吉兒忍不住看向發著牢騷的里斯提亞德。在吉兒之前的十一歲時，拉維帝國發生的叛亂除了由格奧爾格發起外，另外還有一個，是由她眼前的里斯提亞德所發起的。
然而事到如今，實在難以想像里斯提亞德會背叛哈迪斯。
（這個時期，應該沒有發生其他大型的起義了……而且與克雷托斯開戰是更久以後的事。）
吉兒陷入沉思，艾琳西雅拍了拍她的肩膀。
「這些只是推測，煩惱也沒用。對於把現在的拉維皇族與龍帝哈迪斯完全沒有血緣關係這件事公開而感到震驚的三公爵，現在還很安分，不過不知道會在哪一天爆發就是了。一直這樣緊繃著神經會很累人，等發生時總會有辦法的。」
「皇姊，要想出辦法的就是我們拉維皇族啊。」
傻眼的里斯提亞德與笑著的艾琳西雅，都和哈迪斯沒有血緣關係，然而他們還是決定要當哈迪斯的哥哥和姊姊。
「你們兩人都和陛下說出一樣的話呢，真不愧是手足。」
兩人呆愣住的表情，讓吉兒笑了。
「陛下那麼說了喔，皇姊和皇兄應該不想死，所以一定會想出辦法。」
「那是威脅嗎？而且把事情全部丟給我們嗎？那個笨蛋！」
「算了算了，里斯提亞德。他的意思應該是既然要當哥哥和姊姊就幫他做這點事，是一種鼓勵吧。」

「有什麼事情是我能幫忙的嗎？」

聽到吉兒詢問，里斯提亞德搖搖頭。

「很謝謝妳願意幫忙，但是沒辦法。現在檯面上，妳的身分不僅不是龍妃，連哈迪斯的未婚妻都稱不上。好的方面說妳是個客人，反之則會把妳當間諜，所以最好還是安分待著就好。」

「可是我就是龍妃，也已經接受拉維大人的祝福。我想做點事情。」

她的視線落在左手無名指上。在假皇帝騷動時，因為假天劍遭到封印的魔力至今尚未恢復，但金色的戒指之前確實戴在手上。他們明明說那就是龍妃的證據。

「妳是龍妃沒錯，那個道裡只適用於龍之間，在人類之間不是這樣運作的。」

「不過要是吉兒能幫忙，會是很大的助力啊。里斯提亞德，要不直接以正式客人的方式接待她如何？這樣至少可以讓她在我底下工作吧？」

艾琳西雅現在為了重整帝國軍，兼任了臨時的軍務卿與將軍的職務。吉兒的臉上散發希望的光芒，但在她出聲贊成前，里斯提亞德先開口打斷了她。

「不行啦，皇姊。如果真的要成為龍妃，就要按部就班地遵守規矩。」

「你還是一樣那麼死板又不知通融耶。」

「我可不是沒有任何依據就這麼說喔……吉兒小姐。」

聽到他叫自己的名字，吉兒抬起頭。里斯提亞德率直地對她說：

「我承認妳，但那僅止於我個人，皇姊也一樣。當然明白妳會心急，不過妳是克雷托斯出身的人，光是這個立場，就算妳不做什麼，別人也會對妳有所猜疑。如果在周圍的人還沒正式承認妳之前就強行做事，以後一定會有變化出現。因此哈迪斯現在也不強勢進行訂婚儀式。全都是為了妳以後著想。」

這番意料之外的說明，吉兒眨著眼睛聽，漸漸感到不好意思。

（這、這樣啊，原來陛下為我想了很多……）

艾琳西雅稍稍苦笑著接了話：

「的確，真虧哈迪斯能忍耐住。」

「妳現在就專心照顧那頭黑龍吧，千萬不要引人注目。」

「咦？」

這個意料之外的指示，讓吉兒又眨了眨眼。里斯提亞德嚴肅地說：

「那是當然的啊，金眼的黑龍可是龍王耶。要是可疑的傢伙盯上該怎麼辦？而且妳說牠還不會飛。目前在帝城當中，不知道哈迪斯的敵人會躲在哪裡呢！」

「那我當然知道，但是飛行訓練……」

「哈迪斯的宮殿很寬敞吧？庭院裡不但有小河，也有足以停放小船的池子。再說了，如果牠就是哈迪斯的心靈，那這傢伙一定是心靈脆弱足不出戶的家裡蹲。」

就算想反駁這些指證也無法回嘴。艾琳西雅也輕輕別開眼睛。

「是啦……哈迪斯是有點怕生，嗯……」

「皇姊，請別用這種好聽的說法來蒙混過去。事實就是那樣。不要對其他事費心，既然妳是真正的龍妃，就好好照顧那頭黑龍吧。」

里斯提亞德和她對到眼，沉穩地點點頭，吉兒反射性地回敬禮。

「明白了！我一定會將這孩子養育成一頭優秀的黑龍給你們看！」

「很好，有需要什麼再告訴我。開會的時間差不多到了呢。」

里斯提亞德確認懷錶的時間後站起身，艾琳西雅也嘆了口氣。

「我也差不多該回去了。剩下的帝國軍多少還是得進行訓練呢。」

「皇姊，請不要好人性格發作而放過間諜喔。我現在已經沒有餘力再善後，現在光是那些企圖耍小聰明的人，就夠讓我頭痛了。」

「哈哈，哈迪斯應該也最依賴你了……真是諷刺呢，比起使用皇帝的名號，拿出諾以特拉爾公爵和萊勒薩茨公爵的名號做事反而更有效果。」

「我只是把能用的都拿來用而已。」

里斯提亞德理直氣壯地回答，艾琳西雅只是拍了拍他的背。

哈迪斯雖為皇帝，但沒有後盾撐腰，他擁有的只有龍神和天劍作為證明。有能夠補足這個不足之處的哥哥和姊姊在，實在讓人安心不少。

「啾。」

吉兒目送兩人離去時，背上的羅醒了過來小聲的鳴叫一聲。吉兒為牠靈敏的直覺而苦笑。牠果然和哈迪斯非常像，對於別人情感的微弱變化相當敏銳。

「沒事的，我只是有點羨慕他們能對陛下有所貢獻而已……」

「隊長已經為陛下做出非常多貢獻了吧？妳為了陛下，一路吃了不少苦呢！」

齊克板著臉說道，卡米拉也附和：「就是啊。」

「這就是所謂適才適所吧，妳得休息一下才行。而且吉兒，妳還有照顧這孩子的工作呢。」

「我知道。但是我的欲望很強……既然難得有這樣的機會，希望能讓你看到許多不同的事物呢。」

羅從背包出來，她將雙手放在牠兩側的腋下抱起，並盯著牠看。羅圓滾滾的眼睛也回看著吉兒，那是完全信任的眼神，正因為如此，吉兒更想回應牠。

在這時候，她察覺到一件事。

「……對了，只要不是黑龍就好了！」

「啥？牠的鱗片怎麼看都是黑色的啊！」

「等等，吉兒，我怎麼有種不好的預感。」

「油漆……不對，我們有顏料吧？」

吉兒靈光一閃地喊道，龍妃騎士們表情都僵住了。羅則困惑地輕叫一聲，微微地歪著頭。

羅的地位僅次於龍神，是現實存在中等級最高的龍。正因為牠除了擁有金眼，又有黑色的鱗片，才會那麼顯眼。

所以反過來說，只要讓牠看起來不像黑龍就可以了。只要那麼做，就算在人前出現，應該也不會有問題。

「你看，羅。那裡就是訓練場，很寬敞吧？那裡就是帝國軍進行訓練的地方。」

「嗚啾！」

羅的背上塗有黑色、紅色、綠色、橙色等顏色的可愛圓點，心情很好地眼神發著光回答。跟在身後的卡米拉臉色微微發青地嘀咕著：

「真、真的沒問題嗎……雖然顏料用水就能洗掉，但對黑龍做這種事……」

「塗成圓點的人是你吧？是你說不能交給我跟隊長塗的。」

「因為讓你或吉兒來塗，一定會塗得亂七八糟嘛！我希望至少塗得可愛一點……話說回來，金眼黑龍對自己的鱗片顏色，難道一點堅持都沒有嗎？這個國家沒問題吧？」

「現在才說這種話也沒用，羅少爺可是陛下的心靈啊！你就接受吧，這就是我們的祖國。」

對於齊克如此堅定地說法，卡米拉恢復面無表情。

「說得對，確實如此，龍帝穿著圍裙、龍王身上是圓點的祖國……」

「該道聲心胸寬闊的祖國萬萬歲吧？」

「看來我還很不成熟呢。呵呵，既然是這樣，小羅，下次就畫更可愛的花樣好了。就交給姊姊吧！」

「聽到了嗎？真是太好了，羅，可以漂漂亮亮的出門喔！」

聽見吉兒的話，羅開心地搖著尾巴。原本以為羅會很抗拒，但牠從一開始就對顏料相當感興趣，自己用前腳踩進顏料時開心得不得了，反而還得阻止牠把顏料塗在臉上。

在完成後，羅從鏡子中看見自己的背時，對於顏料讓自己的身上充滿色彩似乎非常滿意。這樣看來，牠說不定喜歡打扮。

「不過牠這樣，與其說是斑紋龍，會不會看起來像新品種反而太顯眼？」

聽齊克這麼一說，吉兒低頭看了看手臂中抱著的羅。

「因為臉還是維持原本的樣子嘛……但從背後看，通常不會認為是黑龍喔。」

臉和腳的鱗片顏色還是原本的顏色，只有背到尾巴塗上了顏色不同的圓點。羅似乎很滿意，只要吸引了別人的視線，牠就會驕傲地用鼻子鳴叫。

「吉兒，如果不是龍妃大人，這種想法和無謀的產物不可能被容許呀。」

「誰都不想相信這個現實啊。」

「那就沒問題了吧？反正到目前為止沒有引起任何騷動。」

在走廊上擦身而過的士兵會停下來看一眼，不過立刻就走過去。即便因為看到黑色的鱗片嚇一跳，大概又立刻認為牠是斑紋龍吧——相信事情就是如此的心非常重要。

「喂，你有聽說嗎？帝國軍的人數好像又大幅減少了，大家都不幹了。」

士兵宿舍的陰影處傳出的對話，讓吉兒停下腳步。

「又變少了啊，但這也是沒辦法的事啊。逃走的人反而比較多……」

「我是不是也不要幹了呢？拉維皇族不是真的皇族，龍帝又那副德性。」

「連軍事會議也不能參加，上面不知道在搞什麼。」

「羅，不要聽這些沒關係……」

吉兒往下看到羅的眼神，說一半的話便停了下來。

「但是，決定不開除我們的人是龍帝吧？」

「先不管龍帝如何，艾琳西雅殿下確實是一個很好的指揮官呢。她還說過：『帝都就拜託各位了。』」

「最重要的是，我們沒有其他地方能去，只能待在這裡了啊。」

羅以認真平靜的眼神聽著這段對話，沒有露出悲傷的模樣。牠很冷靜。

於是，吉兒換了一種說法。

「……大家都各有難處呢。不過，沒問題的。還有優秀的人在，更重要的是，還有我。」

羅抬頭看著吉兒，點點頭代替回答。這很讓人高興。

（但是……陛下果然會受人指指點點啊。）

哈迪斯每天為了吉兒準備早餐和午餐，一邊被里斯提亞德罵一邊前往辦公室，傍晚又回來做晚餐。因此，吉兒若想起哈迪斯，在腦中浮現的幾乎都是他穿著圍裙的模樣，不過也能想像在看不到的時候，他應該遇到很多討厭的事。

即便如此，哈迪斯仍總是笑咪咪地為吉兒做出美味料理。

每當看到他的笑容，吉兒總是這麼想：「這個人是個既溫柔又敏銳，而且強大的人。」

偏偏這些優點無法順利傳達給周遭的人，看了真是心急。

「……你呀，要快點學會飛喔，要證明我的陛下是非常強大又帥氣的人。」

「嗚啾？」

羅抬起頭後，視線看起來很慌張地到處游移，最後把臉藏了起來。似乎是非常害羞。齊克露出不可思議的表情。

「看來這小傢伙也是需要照顧的對象啊……」

「這表示牠的確是陛下的心啊。好了，振作點。小羅也要喝水嗎？」

羅用力搖搖頭後，從吉兒的手臂跳到地面上。看來是打算自己用走的。

「喔喔。」吉兒感到很感動。

「真了不起，羅，你可以自己走呢。」

「嗚啾。」

「說不定把你從屋頂上丟出去，你就會飛了呢！」

「嗚啾啾————！」

羅「咻」地一聲，一溜煙地逃走了。看來是不願意。看著那小小的背影轉眼間就消失無蹤，吉兒嘀咕道：

「明明不會飛，逃命的腳程倒很快……真不愧是陛下的心……！」

「現在不是佩服牠的時候了，得快點追上去。」

說得也是。卡米拉一說才回過神的吉兒，趕緊邁開腳步。

「我們分頭找吧，卡米拉和齊克從別的方向找，我直接往前追上去。」

吉兒和兩人分開，朝著羅逃跑的方向跑過去。直到途中都還看得到牠的足跡，不過進入庭院的草叢之後，足跡就消失了。

「羅？羅。」

試著叫牠的名字也沒有回應。吉兒在因為沒有什麼人來而生長茂密的草木間往前進。

（是後院嗎？這裡是在哪一帶呢？）

畢竟帝都太大了，想要儘快掌握內部的位置，然而因為自己被當成是外部的人無法隨意四處走動。吉兒用力搖搖頭，甩掉變得有點低落的心情。

現在找到羅才是最重要的事。

「牠應該不會去接近危險的東西才對……但是牠很笨拙啊。」

「嗚啾——————！」

吉兒聽見一聲擺明是求救的哀鳴，趕緊往聲音的方向趕過去。穿過茂密的草叢後，視野寬闊了起來，有一個受到樹木圍繞的大池子。她往上一看，立刻就找到了羅。

「嗚啾——————！」

牠不知道是從哪裡又怎麼爬上去的，看起來是爬上一棵大樹後，不知道要怎麼下來，現在正死命地抓著垂向池面的樹枝前端。樹枝看起來快要斷了。

吉兒一邊朝那邊過去一邊喊道：

「羅，現在能飛嗎？試著努力看看！」

「嗚啾嗚啾！」

羅用力地搖頭，不知是否因此晃動了樹枝，使得樹枝前端「啪擦」一聲折斷。

「啊！」

「嗚吱喔喔——————！」

羅發出奇怪的慘叫聲「撲通」地掉入池子裡。吉兒咂嘴後，直接跳入池水中。羅雖然啪嗒啪嗒地胡亂拍打水面，這樣下去還是會往下沉。

不出所料，在吉兒的手碰到羅之前，牠就沉了下去。吉兒深深吸一大口氣潛入水中拚命地追上後，將牠整個緊抱入懷裡。

迅速浮出水面後，拍拍牠柔軟的鼻尖。

「喂，羅！你沒事吧？羅！」

「嗚啾……」

聽見牠的回應，便放心不少，看來牠沒有喝到水。在放下心的那瞬間，忽然覺得全身變得非常重。畢竟自己是穿著衣服跳入水中，那是理所當然的，加上魔力連一半都還沒有恢復，如果時間拖太久，體力和體溫都會消逝而去。初春的池水還很冰冷。

也得趕快幫羅擦乾身體才行，否則可能會生病。

（陛下把牠託付給我照顧，如果這孩子有個萬一……我真是不稱職的妻子。）

吉兒搖搖頭，甩開這個忽然浮現的念頭，在爬上岸後立刻跑了起來。

「聽說你們掉到池子裡，沒事吧？」

看到在日落之前回到自己宮殿的哈迪斯，吉兒站起身。羅就在她的腳邊，待在齊克找來的木箱與卡米拉鋪好的蓬鬆軟墊上，牠也開心地跳了起來。

「陛下，您的工作——為什麼又穿著圍裙呢？」

「我剛剛去街上採買回來！」

皇帝穿著圍裙到街上採買。吉兒的表情僵住了，而哈迪斯靠過來。

「我的事不重要，你們沒事吧？有受傷嗎？」

「羅平安無事，請放心！」

已經讓牠泡在熱水中暖和身體後，澈底擦乾了。牠沒有受傷，食欲也不錯。看著吉兒俐落地回答，哈迪斯一臉嚴肅。

「妳也是啊，有好好泡過熱水澡、擦乾身體嗎？妳沒有只顧著忙羅的事忘了自己吧？」

「我沒有問題，只是掉入池子而已，不會因為這樣就感冒。」

「問題不在那裡。」

當她正訝異著哈迪斯的口氣有點強硬時，卡米拉從旁邊插嘴：

「陛下，請再多唸唸她吧。吉兒說是自己的錯，認為自己有責任呀。」

「做錯的是擅自跑掉的羅啊。要吃蘋果嗎？好乖好乖～」

「嗚啾。」

「我、我沒問題的，陛下！我能照顧好羅。」

吉兒抬起頭，哈迪斯正靜靜地凝視自己。因為感覺自己逞強的部分好像遭到看透，吉兒的視線慢慢地往下垂，小聲地說道：

「……我對於照顧小孩好像是有一點不拿手……可是，真的沒問題。我會好好做的，所以請不要把羅從我身邊帶走——」

在她開始哀求前，就被抱了起來，接著哈迪斯沉默地帶著她到稍微有點距離的沙發旁。哈迪斯讓吉兒坐在沙發上後，在她面前單膝跪下。

「我不會把牠帶走。不過，這樣真不像妳的作風呢。發生什麼事了？」

「並、並沒有什麼……」

「如果是平時的妳，遇到不拿手的事情不會勉強自己去做，而是會好好地尋求別人幫助。但有關羅的事，妳是不是打算一個人全部攬起來做？」

她無法反駁而沉默下來，哈迪斯將手放在她的膝上。

「發生什麼事了嗎？如果有，希望妳好好告訴我。」

他真的對於別人的細微變化非常有感知，連不希望被察覺的事情他都能察覺到。

而正因為吉兒有自覺，更感到心虛——自己著急了。自從作了那個夢後，又更加著急。

吉兒的雙手手指反覆地交握又放開，小聲地回答：

「……我沒有自信。對於自己的立場還有心情都是……」

「嗯，為什麼會變成這樣呢？」

哈迪斯的語氣與視線，都顯示出他想理解吉兒的想法，並沒有打算放著吉兒的心情不管，或是強迫她該怎麼做的意思。因此相當容易開口。

「我覺得，自己說不定不是真的喜歡陛下……」

眼前哈迪斯的笑容與身後部下的氣氛都凝結了，但滿腦子只顧著想該如何說明的吉兒，完全沒有察覺到這個狀況。連羅的手中吃一半的蘋果「咚」地掉在地上滾動，她也沒察覺。

「…………………………咦？咦，妳現在說的，是我聽錯……？」

「在陛下之前，我有另一個喜歡的人。」

「啥…………？」

「我因為發現自己喜歡他的心情遭利用，為了從他那裡逃走而向陛下求婚了。我對他沒有留戀，現在也沒有。和陛下的約定也是發自真心的，不會撤回。只是最近才知道，那個『遭利用』的事，有可能是我的誤會……」

一旦開口訴說後，便停不下來。吉兒緊握著雙手吐露自己的不安。

「既然如此，不管我認為自己有多喜歡陛下，都有可能是誤會……因、因為我對戀愛的經驗不多。明明不想誤會自己跟陛下之間的事，但又擔心如果是誤會，和陛下就可能處得不順利……說到底，我搞不懂陛下！你到底是強還是弱？可愛還是帥氣？你的長相當然好看，廚藝又精湛，肌肉和魔力也非常棒，但是……」

「等……等一下，吉兒！妳說出的情報太多了！我的腦袋處理不過來！」

「啊，是，對不起。」

哈迪斯抓住吉兒雙手的手臂，她回過神來。正在深呼吸的哈迪斯身後傳來部下關心的聲援。

「加油呀陛下……冷靜點，用成熟的態度處理呀。」

「首先要做情報整理，建立戰略，不要自爆啊。」

「這……這個，我想妳是喜歡我的，所以沒有問題。沒問題……吧……？拉維別吵。然後，利用……在十歲時利用的事會陷入那麼深嗎？是什麼……只需要出張嘴很輕鬆嘛，拉維！然後是之前喜歡的…………那件事就先放一邊好了！總而言之我先確認這個，妳對於自己不知道是不是真的喜歡我而感到煩惱嗎？」

「對，沒有錯。啊，但是我知道自己為什麼會覺得喜歡陛下喔。」

「從剛剛開始情報量就好多啊！」

「對、對不起！」

看到他摀著臉大聲嘆息，吉兒便反射性地道了歉。不過哈迪斯隨即搖搖頭。

「不、不對，是我不好，不該沒忍住大吼。總之，我會聽妳說，繼續說……」

「這個，首先我就是喜歡你這點！」

「啥……？」

「您願意好好聽我說話這點，也會確認我想怎麼做。啊，您的肌肉和長相一開始就給了我好印象！因為我喜歡強大的人，又注重外貌。也非常喜歡您為我做好吃的料理！不過，最重要的一點是您在能利用我時卻沒那麼做。明明能利用我當誘餌擊敗女神，陛下沒有那麼做。」

在折著手指頭一一數著的吉兒面前，哈迪斯再次摀住臉。

「情……情報量……太多……意料之外的……情報了，我的心臟……！」

「喂，現在是演哪一齣啊？」

「不能多嘴，不然會有報應唷。」

「……但是那些，也有可能只是因為與之前喜歡的人相比後才覺得是喜歡，我沒有其他能當判斷的基準。那個……因為之前的那個人非常可靠，所以我不必操心任何事，但是，因為陛下不是那麼可靠……」

因為在比較兩者之後感到不安，這對哈迪斯自然是非常失禮的話。吉兒因此感到自我厭惡，聲音變得很小。身後的部下一同發出的「哇」，也讓她覺得他們嚇到了。那是當然的。

「所以這次我也認為自己得做好才行……不然又有可能會像以前一樣搞砸，我不想要變成那樣。希望自己是一個能好好與陛下談戀愛的妻子，可是現在沒有我能做的事，莫名地著急……」

像這樣說出口後，便發現自己摻雜了私情。在對自己感到無法置信而雙肩垂下的吉兒面前，神情認真的哈迪斯語帶疲憊地說道：

「情報量過多到我快死了。」

「非、非常抱歉，突然聽到我說這些，您也很困擾吧……」

「不，沒關係的。這樣我反而漸漸冷靜下來了。這個嘛，吉兒，再說下去事情就會變得太麻煩，就只說我聽明白的事情……」

聽到這個摻雜嘆氣聲的開場，吉兒吞了吞口水重新坐直。

「我的心情，陛下明白嗎？」

「嗯，妳喜歡我的心情，我非常明白了。」

一個短暫又尷尬的停頓後，吉兒通紅著臉怒吼道：

「我沒有那樣說呀！」

「妳說的那些全都是呀！妳說了一堆讓我產生很多問題想問的事，但以結論而言，妳就只說明了這件事。沒有錯吧，羅？」

「嗚啾。」

是個強而有力的認同。當理解到羅和哈迪斯都那麼確信後，吉兒亂了方寸。

「請、請等一下，我對於自己有沒有做好，一點自信都沒有。」

「嗯，我有聽到。妳說因為不想像以前一樣失敗，所以對於與我之間的未來感到既擔心又著急，對吧？」

「咦？沒、沒有錯……？但、但是我很害怕自己對陛下的心情，是因為自己的誤會……」

「我明白喔，不過如果妳不是真的喜歡我，就不會害怕自己誤會。就是因為喜歡我，才會擔心自己有誤會。」

原來如此，是這樣子啊。真是令人驚訝的解釋。

「話說回來，在妳說出希望成為能和我好好戀愛的妻子時，就已經得出結論了。」

「若、若是這樣……我、我沒有誤會什麼嗎？能夠和陛下好好地相處下去嗎？我確實真的喜歡陛下嗎？」

「嗯，所以妳不必著急，保持原本的樣子就好。妳確實和我兩情相悅。」

「原來是這樣啊！原來如此，那就太好——」

在她正準備拍拍胸口放心時，才發現似乎不太對。

（嗯、嗯嗯……？也就是、我都對陛下說了什……）

吉兒的頭上「砰」地噴出火來。她愈想愈莫名其妙，不但暈頭轉向，還眼冒金星。哈迪斯趕忙接住腳步踉蹌的吉兒。

「啊，我、我都……說什麼……我、我啊啊啊啊……」

「吉、吉兒，冷靜點，沒事吧？難道感冒了？」

「原來我……那麼，喜歡……陛下。」

她在說到一半時，便與哈迪斯的眼睛對上。他戴著三角巾、穿著圍裙，一點皇帝的樣子都沒有，也知道大家都看不起他。不過，這個人面對未來不近情理的困難也不認輸，不但保有強大、溫柔與笑容，並且只愛著吉兒一個人，這是一份多麼值得驕傲的幸福啊！

現在也是，無論是他因為擔心而眨著的纖長睫毛，或是喊著她名字的薄唇形狀，最重要的是只倒映吉兒身影的那雙金色眼瞳，是那麼地令人傾心。

羅的事情也是。那頭代表這個人心靈的小龍，自己是多麼希望能不假借任何人之手，靠自己養育牠。那個心情若不是占有欲又是什麼呢？

當察覺到這點的瞬間，她感到全身沸騰起來。

「呀————————！」

「哇！怎麼了？等……吉兒！」

「陛下，請暫時不要靠近我也不要看我！我要去讓腦袋冷靜一下，要從跳進池水那裡再重來一次！」

「為什麼偏偏要從那裡開始？」

吉兒踹開宮殿的門，全力飛奔出去。似乎沒有人追上來。就算哈迪斯想追出來，機靈的卡米拉應該會阻止他才對。相信會是如此。

（嗚嗚，真是丟臉死了！沒辦法看陛下的臉！快去找池子！）

到底在哪裡？總之先全力奔跑過庭院，往上穿過位在宮殿某處塔裡的通道後，又沿著樓梯一路往下跑，終於抵達某處庭院。

在吉兒奔跑而去的前方，發現了棧橋和小船浮在水面上，夕陽照射得閃閃發亮的大水池。看起來雖然比羅掉下去的池子小一點，但是她一點也不在意。現在無論如何都要先去除這份羞恥。

她向地面一蹬，以指尖先入水的姿勢往池子裡飛身跳進去，接著閉上眼睛逐漸往下沉，讓池水從頭到腳冷卻自己。正考慮著不如在池裡游泳時，手臂突然被人拉住。

「我說妳，不要做自殺這種愚蠢的事啊！」

聽到一個怒罵的聲音，臉浮出水面的吉兒困惑地眨眼。池子的水面上漂浮著相當粗的樹幹，上面綁著繩子，樹幹另一頭散亂著看起來很沉重的洋裝。看來這個人是將礙事的衣服脫掉，綁著救命的繩子後跳下池水的。

撐住吉兒身體的那雙手臂很纖細，因為濕透而散落的金黃色髮絲，閃耀地浮在水面上，和水面同樣澄淨的藍色眼珠正嚴厲地盯著吉兒。

「如果發生了什麼讓妳非死不可的事，至少要把那個原因斬除再死啊！」

這是吉兒第一次聽到的聲音，但是吉兒認得那個面孔。當吉兒從報紙或是資料上看到她的訃告時，有一張小小的黑白照片。

「很不巧，妳是被第二皇女的我救起來，所以已經不會輕易死掉了。」

「……您是……那個……」

「妳傻了嗎？我說了我是第二皇女吧？娜塔莉．提歐斯．拉維，這就是幫助了妳的皇女的名字，要心懷感激的記在心裡喔。」

少女傲慢地「呵呵」笑著，緊抓住吉兒的身體，拉著救命繩索慢慢靠岸。

「……要追上去比較好嗎？」

哈迪斯轉身詢問，龍妃的騎士搖搖頭：

「給她一點時間比較好吧。因為不管怎麼看，吉兒都很混亂。」

「說得也是……」

聽了卡米拉的建議，哈迪斯維持單膝跪地的姿勢點了點頭。齊克也沒有任何反對，可見這狀況下是正確的判斷。

「說實話，我也很混亂，她說的話裡有各種我跟不上的衝擊資訊……」

「啊啊……隊長好像連不必要的事情都說出來了啊。」

「笨蛋，齊克。」

「啊啊，是指在我之前有個喜歡的人的事吧——你們倆為什麼要逃走？」

因為兩人同時轉身準備離開，聽到背後叫住他們的聲音，便胡謅起藉口。

「……那個，我們正打算去幫羅拿新的蘋果。」

「沒錯沒錯，小羅，對吧？」

「嗚啾？」

「你們不必擔心，我知道對方是誰。」

這下換成他們兩人同時回過頭來。哈迪斯拍拍膝蓋上的灰塵站起身，用正在體內詢問的拉維也聽得到的聲音開始說明。

「假如能與我做比較，代表那個人的立場跟我類似，才能利用吉兒，而她為了不想被利用，就非得從克雷托斯離開不可。這樣的對象，我能想到的只有一個。」

「陛下在這種時候腦筋很靈光呢……」

「也是，在那個王子殿下追著隊長而來的時候，就很奇怪了。」

「聽說他們的婚約是以前就訂好的呢，我可是從他那邊將吉兒奪過來的。」

大概是因為第一次聽說這件事，齊克驚訝地眨眼，卡米拉則吹起口哨。

「幹得好呀，陛下，原來是私奔啊。」

「不過，這樣沒問題嗎？隊長的老家不知道會保持沉默到什麼時候吧？」

「對，所以我現在非常忙。當時的我只是想要一個龍妃，但現在已經不單純只是那樣了，得為吉兒好好維護她的立場才行。」

看到哈迪斯雙手抱在胸前嘆氣，齊克與卡米拉對看了一眼。

「你們負責保護好吉兒就可以了，還有，也好好照顧我的心。」

「等一下等一下，陛下。我們知道你很積極了，但沒問題嗎？就是，吉兒以前喜歡的那個男人呀……要放著他不管嗎？」

卡米拉小心翼翼地問道，哈迪斯聳了聳肩。

「我只認為他很可憐啊，和我的格局差太多了。」

「喂，哈迪斯！我說過你回來後要報告吧？而且你又穿著圍裙！」

里斯提亞德大搖大擺地從敞開的門走進來，接著立刻抓住他後頸的衣領，拖著他往外走。

「里斯提亞德皇兄，你能說明一下，為什麼突然拉著我？」

「別多問，現在要去開會了。喂，你們知道吉兒小姐在哪嗎？」

「吉兒為了冷卻腦袋，應該正在進行大運動會吧，現在接近她很危險喔。」

「啥？為什麼她要做那種事……算了，這種時候她不在可能比較好，不然太麻煩了。」

「怎麼了？皇兄殿下，到底是什麼事？」

齊克隨便的態度讓里斯提亞德皺了皺眉，停下腳步。

「……我的龍騎士團負責調查帝都周圍的人，剛剛來回報的。維賽爾正在往帝都移動。」

「皇兄嗎？」

看見神情亮起的哈迪斯，里斯提亞德完全不掩飾苦瓜臉點點頭。

「是啊，快的話應該明天就會進入帝都。而斐亞拉特公爵擔心這裡人手不足，非常好心地提供了軍隊與資金，所以他似乎也帶大批文官回來了。」

「咦？等等，斐亞拉特公爵不就是做為格奧爾格那傢伙後盾的貴族嗎？」

「為了顯示忠誠而提供資金和軍隊嗎？但是他們那些人真的都是盟友嗎？」

看著眼前無法回答這個問題而不甘心地握著拳的哥哥，若是以前的自己，會覺得很麻煩吧。然而不可思議地，現在自己一點也不那麼想，甚至還為他擔心。

「放心吧，里斯提亞德皇兄。有資金又有人手，對現在的我們而言是令人感激的援助啊。」

「只不過，這樣就難以領導宮廷了，畢竟原本就沒有你的盟友。」

「維賽爾皇兄是盟友啊。我們手足得好好相處，對吧？」

在沒有人回答哈迪斯的情況下，只有羅發出可愛的「嗚啾」一聲贊同他。

第二章 ⚜ 兄弟姊妹的後勤補給

吉兒跳入的池子，看來位於娜塔莉皇女所居住的離宮附近。娜塔莉帶吉兒回去後，俐落地對看見濕淋淋的皇女而慌亂的女官們下達指令，不僅先讓吉兒泡熱水澡，甚至借衣服給她。

她的說法是：「我不要緊，像妳這樣的孩子如果弄髒了宮殿，反而會很困擾呀。趕快暖和身體後換上衣服，假如感冒會傳染給別人的。」

（是個好人，嗯。雖然說話有點帶刺。）

她的年紀應該是十六歲。吉兒正在從記憶中尋找有關她的經歷，直到黑色的洋裝從頭上套下時，才發現自己的穿著。

不但有蓬蓬的袖子，還有在腰部綁起的緞帶。蓬鬆延伸的裙襬下點綴著蕾絲，另外有白色的圍裙放在一邊。

「那個，這個衣服……難道是女僕穿的衣服嗎？」

「怎麼？有什麼不滿嗎？要找妳這年紀的女孩能穿的衣服，只有僕人的衣服了。難不成還希望我借小時候穿的洋裝給妳嗎？」

娜塔莉在會客室另一頭的房間裡瞪著她，吉兒趕緊搖了搖頭。

「不，並不是這個意思。只是沒想到像我這個年紀的孩子，已經在宮殿裡工作……」

「妳在說什麼？妳不就是因為未滿十四歲才被召集到城裡的嗎？」

聽到那個耳熟的年齡限制，吉兒一邊的臉頰抽了一下。她是怎麼想的呢？娜塔莉原本上揚的眉尾垂了下來。

「……不過，我也懂妳會想死的心情啦。為了工作來到這裡，實際上卻成為撫慰有戀童癖皇帝的候補人選。」

這是怎麼回事？吉兒強忍住沒叫出來。

「三公爵全是混蛋啊。表面上是召募後宮的女僕，實際上都是為了獻給皇帝吧？原本就已經傳出他對小女孩有興趣了，之前的演說又光明正大地宣布了自己要和十一歲的對象結婚，所以他們就從各處找來小女孩——妳怎麼了？」

「沒有……只是說不出話……」

里斯提亞德已經對財政困難唉聲嘆氣，因此召募女僕這件事，哈迪斯他們是不會允許的。但是來自老家對後宮皇妃的援助，就不在哈迪斯他們的管轄範圍內，於是三公爵才利用這點，打算將未滿十四歲的女僕送進帝城來吧。

（原來是這樣，陛下曾宣布過未滿十四歲這個條件，而現在我真的以龍妃的身分來到這裡，也難怪大家會認為陛下真的對小女孩有興趣了啊……）

原本是為了對付女神才會找未滿十四歲的新娘，現在既然已經有了吉兒，這條件就該無效才對，能吐槽的地方多得不得了。然而，原本就有愛穿圍裙這個陷阱，現在又有戀童癖這根最後的稻草，皇帝的威嚴應該早已完全消失。

娜塔莉同情地叫人搬了椅子給神情極度疲累的吉兒。
「好了，妳坐下吧。我派人泡茶，也準備點心給妳。」
「真的嗎？非常謝謝您！」
「已經沒妳們的事了，都下去吧。」
娜塔莉打發準備好點心和茶的女僕，在吉兒身旁的座位坐下並小聲地問她：
「如果妳真的不想待在那裡，我可以幫妳喔。」
吉兒也忍不住跟著壓低音量：
「妳要幫我嗎？」
「因為每天醒來都會覺得心情不好吧？難得我都救妳了呢！也可以讓妳在我這裡工作，反正只是一個人，總會有辦法安排。我好歹是皇女，也能進出後宮。」
吉兒對高高抬起下顎的娜塔莉含糊地應聲後，才想起自己還沒報上名字。在娜塔莉心裡，已經認為吉兒是「為了工作來到後宮，在知道自己有一天會獻給有戀童癖的皇帝後，打算投水自殺的孩子」。
「那、那個，娜塔莉皇女殿下，其實我是——」
「娜塔莉……姊姊……有空嗎？」
一個有如小鳥鳴叫般的聲音響起，吉兒不禁停下來轉過頭去。
門只開了一個細縫，有個小女孩正看著裡面。她有一頭柔軟的金髮與圓圓的深紫色眼瞳。眉尾往下垂，手臂環抱著一個很大的玩偶——尾巴很長的白虎玩偶。

「芙莉達，怎麼了？快點進來吧。」

聽到那個里斯提亞德時不時會提起的名字，吉兒眨了眨眼。她就是現正八歲的第三皇女，里斯提亞德那個懼怕哈迪斯而不敢現身的親妹妹。

娜塔莉向她招招手，芙莉達卻搖著頭小聲地答道：

「有陌生人⋯」

「啊，是指我嗎？」

吉兒只是反問，便讓芙莉達「呀」地一聲躲到門後。看來里斯提亞德說她極度怕生這件事是真的。

「沒事的，芙莉達。她是以後要在這裡工作的人。」

「⋯⋯真的⋯⋯嗎⋯⋯？」

被這麼怯生生地眼神仰望著，實在很難直接開口否認。

「這個⋯⋯現在我們正在談這件事，沒錯。」

「也有點心喔，進來吧。不要那麼畏畏縮縮的，妳可是皇女。」

芙莉達緊緊皺著眉頭，戰戰兢兢地進入房間裡。她的腳步彷彿是小動物在警戒肉食動物般移動著，吉兒看了也跟著緊張起來。

在悄聲靠近後，芙莉達選了距離吉兒的座位最遠的椅子「咚」地坐下。小心地讓白虎玩偶的長尾巴不碰到地板，姿勢端正地將它放置在自己的膝上。

「那麼，有什麼事讓妳特地一個人過來？」

「……和龍妃大人的茶會……哥哥來拜託我……他說是非正式的。」

吉兒驚訝地抬起臉。娜塔莉沒有察覺，想也不想的回答：

「我說過很多次要拒絕了。就算是非正式的也要拒絕，去拒絕掉。」

「但是，他已經拜託我五次了……哥哥很困擾……他希望我們能與龍妃大人培養感情……我也裝病很多次了……」

在吉兒不知情之下，里斯提亞德似乎正想辦法安排她與皇女們碰面。

（我完全不知道……原來他們為了我做了很多考量啊。）

看來她們用裝病來拒絕很多次了，但芙莉達一副困擾的模樣，實在無法責備她。反倒是娜塔莉理直氣壯地說：

「要不然妳就說是我的老毛病突然復發了吧。我說過了，現在時機還早，里斯提亞德哥哥根本不懂後宮有多恐怖。」

「……但是，艾琳西雅姊姊也說龍妃大人很可靠，人也很好……」

「這跟十一歲的龍妃是不是好孩子無關啊，芙莉達妳也明白吧？在後宮裡，不是里斯提亞德哥哥那種直來直往的個性，或是艾琳西雅姊姊頭腦簡單的做法可以適用的！」

趁著娜塔莉拿起餅乾喘口氣的時候，吉兒輕輕地開口：

「請問……後宮有什麼問題嗎……？」

「……妳先知道這些事也好。都是那個有戀童癖的人，害後宮現在的氣氛非常緊繃。」

雖然很想為中傷丈夫的言論辯駁，現在只能先放一邊了。

「後宮都是由皇帝的妃子管理對吧？但因為皇帝並沒有妃子，所以現在是由父皇——前皇帝的妃子們主導後宮。而她們的立場，全都是反皇帝派的。」

「……她們的立場是與以前有很多皇太子過世的詛咒有關嗎？」

「基本上是這樣沒錯……我也有其中一個哥哥因為詛咒而死，另一個哥哥則是捨棄皇位繼承權，和母親一起離開了帝城，把我留在這裡。」

這時，吉兒的記憶串連起來了。

（對了，想起來了！確實有一個拿娜塔莉皇女作為犧牲而流亡到克雷托斯的皇子……！他聲稱自己擁有皇位繼承權而尋求傑拉爾德大人幫助……因此引發了正式的戰爭……原來是這樣，那個人就是娜塔莉皇女的同母哥哥。）

她的哥哥可能有一天會與哈迪斯對立。於是吉兒謹慎地問道：

「那麼，娜塔莉殿下現在還有收到從哥哥或母親來的聯絡嗎……？」

「怎麼可能有，母親大人很怕詛咒，她可是許願祈求『請讓女兒代替兒子死吧』，於是把身為女兒的我當犧牲品單獨留在帝城呢。」

看到說不出話的吉兒，娜塔莉笑著回道：

「這也沒辦法呀，母親大人的老家雖然是斐亞拉特公爵的親戚，不過實際上是個不寬裕的鄉下貴族。當皇太子寶座輪到最年長的哥哥身上時，我從沒看她那麼開心過……但因為詛咒讓她的夢想破滅了。也因此無法忍受連第二個哥哥都失去啊。」

「話是沒錯，但娜塔莉殿下也一樣是她的孩子，也是皇女。這麼做未免……」

「是嗎？我既沒有艾琳西雅姊姊能夠統領龍騎士團的能力，也沒有像芙莉達一樣擁有魔力的才華或實力堅強的後盾。我自己什麼都沒有喔。而且甚至沒有拉維皇族的血統呢，是個一點用處都沒有的皇女。」

她用戲謔的口吻說道，讓吉兒不知道該如何回應。

「別這樣，自己沒有用處這點，我現在已經不會介意。母親他們離開也是三年以前的事，是很久以前的事了。」

「才過三年而已不是嗎？把自己切割得那麼開不好。」

吉兒忍不住反駁，讓娜塔莉露出困惑的表情。芙莉達怯生生地開口：

「娜塔莉姊姊，妳還有我……妳是我……很重要的姊姊。」

真是個好孩子。突然理解里斯提亞德為什麼會那麼寵愛她的心情時，不知為何眼眶也跟著一熱。在這樣的氣氛中，娜塔莉笑著帶過。

「真是的，別說了。原本不是要談這些的吧？」

「說、說得沒錯，我太多嘴了……」

「我想說的是，在後宮會有那些考量是理所當然的。不過，想讓自己的孩子成為皇帝而原本彼此敵對的人們，卻因為持有天劍這個犯規的皇帝出現，現在串聯在一起了。前皇帝並沒有繼承龍神拉維的血脈這件事，讓事情變得更嚴重之外，又加上十一歲的龍妃出現……」

聽到自己的事情，吉兒不禁下意識地將手放在胸口。

「那孩子若正式成為皇帝的妃子會很辛苦的，那些還留在後宮的妃子們……」

「……在皇帝的妃子正式入宮後，自己的立場就會受到威脅，沒有錯吧？」

「沒錯，所以她們對於龍妃的動靜都會過度敏感。現在龍妃還躲在後方沒有到檯面上，所以表面上還算平靜，連我們打算站在龍妃那邊，一定都會引起大騷動出現死人的。」

「咦？沒想到後宮的妃子們腕力都很強啊。」

吉兒驚訝地說道，娜塔莉一時愣住了。

「怎麼會說到腕力啊。是利用毒殺互扯後腿、製造意外來暗殺、栽贓嫁禍來處決才對吧？都是後宮擅長的伎倆啊。」

「……不是靠腕力來競爭嗎？」

「後宮競爭的是皇帝的寵愛吧？能夠笑著讓對手落敗就是後宮的樂趣喔。」

「居然說是樂趣啊……後宮真是可怕的地方呢……」

會變得無法信任人吧。某種意義上，說不定比戰場還殘酷。

（啊……我都不知道這些事……因為在克雷托斯沒有這樣的事。我不會有問題嗎？）

不過，最終說不定能靠拳頭來解決。她決定還是別想太多，首先要能夠正式成為龍妃。

「因為不知道逃走的帝國兵會怎麼出招，現在要為有戀童癖的皇帝優先鞏固地盤。為了讓龍妃立足而私底下進行交流，這種會刺激後宮的事情是絕對不能做的。因此那些人會準備年紀小的女僕，表示仍然計劃以正規方式排除龍妃。」

「呃，那就表示，打算採取向陛下進貢未滿十四歲的女孩這種作戰方式……？」

「沒錯。所以我們要是真的試圖拉近和龍妃的關係，那些著急的笨蛋不知會採取什麼行動。

即使是舉行非正式的茶會，也會轉眼就迅速傳遍後宮。」

「但是……龍妃大人只有一個人……可能會很孤單……」

芙莉達抱緊玩偶，語氣微弱地反駁。然而娜塔莉比她更強勢地說道：

「這也是為了龍妃好啊，她才十一歲吧？……要是這年紀就遭到暗殺，未免太年輕了。」

差點被哀傷的氣氛吞沒的吉兒回過神。

（不，有可能遭到暗殺的人是我啊！……原來如此，她們是在擔心我。）

她們擔心如果彼此走得太近，十一歲的龍妃在獲得權力之前，可能就會葬送掉自己的人生，所以正想盡辦法不與龍妃扯上關係。

（嗯……這情況看來……我可能先不要說出自己是龍妃比較好……？）

以目前的狀況看來，確實不好與後宮為敵。吉兒雖然有自信自己不會被暗殺，但依據事態也可能演變成眼前這兩人成為遭到攻擊的目標，若變成那樣就麻煩了。

沒錯——正是因為在曾經發生過的未來中，吉兒認為這兩人都被暗殺了。

第二皇女娜塔莉是在克雷托斯國內。

第三皇女芙莉達是在拉維帝國內。

（因為芙莉達殿下在假皇帝騷動後行蹤不明，恐怕與里斯提亞德殿下發動叛亂有關。有可能是利用她威脅了里斯提亞德殿下。）

在和解之前，里斯提亞德已經承認哈迪斯是龍帝，既然如此，他不會那麼輕易地反叛，一定是因為妹妹發生了什麼事。這麼看來，後宮有參與其中也不奇怪。

（而盯上娜塔莉殿下，據說是因為開戰派的南國王……）

南國王指的是將政務丟給王太子處理，自己沉溺於南方後宮玩樂的現任克雷托斯國王陛下，那是個貶低他的稱呼。以前娜塔莉皇女的死，在原因未明的狀況下了結了。因為連傑拉爾德都無法抓住犯人，才用消去法判斷犯人只有可能是南國王，但實際上娜塔莉皇女的死亡，則加深了克雷托斯王國與拉維帝國對立的契機，同時成為邁向開戰的開端。

她們兩人都沒有直接引起任何爭端，卻成為戰爭的導火線。

（現在狀況已經改變，然而這次也非常可能因為某件事而成為導火線。）

現在也是，哈迪斯正抱著叛逃的帝國軍這顆火種。關於這件事情，吉兒也無法預先得知結果——在過去的假皇帝騷動中，哈迪斯把帝國軍全數處決後再重新編列，因此沒有留下這顆火種。因為未來改變了，才留下火種。

在吉兒沉思的時候，娜塔莉吃完餅乾，開朗地笑了。

「話是那麼說，不過目前的狀況都還算和平喔，所以妳可以放心工作。」

「……嗯……咦？」

吉兒這才想起，剛剛自己正在被勸說是否要成為服侍娜塔莉的女僕。

「啊、那個，其實我呢，正在做養育龍的工作。」

「龍？是要進貢給皇帝的貢品嗎？不過真沒想到能找到龍的孩子，牠的父母死了還是牠走失了嗎？」

「對，大概是那樣！那個工作不能放著不管……」

她很在意娜塔莉與芙莉達身邊發生的事情，然而更不能放著羅不管。

「那麼這下就更剛好了，我不會騎乘龍，但自認對龍的事很清楚喔！」

看見吉兒愣住，芙莉達輕聲告訴她：

「娜塔莉姊姊……有在學習龍的知識……」

「正因為我是個沒用的皇女，才覺得必須要有專門知識而已啦。」

「真、真的嗎？那麼針對不會飛的龍，您熟悉相關的飛行訓練嗎……？」

「不會飛？這很少見，但以往也曾有過案例。如果妳很擔心就帶過來，我可以幫忙看看。要感謝我喔！」

娜塔莉背後似乎發出了佛光般的光芒。

「麻、麻煩您幫忙！我正好非常需要建議……！」

「妳很喜歡龍呢。」

「是的！」

「我也是喔。」

真是個好人，而且她絕對是個優秀的皇女。

感激涕零的吉兒，不禁高喊著「請多多關照」並向她低頭。

「陛下、陛下！」

「吉兒，歡迎回來……妳為什麼穿著女僕的衣服？發生什麼事了？」

「可能有辦法治好羅了！」

吉兒氣喘吁吁地飛奔進哈迪斯的宮殿喊道。

正在忙著準備晚餐的哈迪斯，擦著手從廚房走出來。

「妳說治好……你生了什麼病嗎？」

「嗚啾？」

正在地板上與蘇堤搶球的羅歪了歪頭。在那瞬間，蘇堤趁隙踢飛球，牠又趕忙追了上去，蘇堤也追在牠身後。看來正融洽地玩在一起。

「請聽我說，其實——」

正一頭熱地準備說下去的吉兒，突然回神。

就在不久前，自己才因為盛大地告白一番而羞愧不已地逃出去啊。

「先不說那個，妳怎麼這副打扮？這樣的確很可愛，難道妳真的跳進池子裡——」

「知道了，我再去水池一次把記憶忘掉！」

「晚餐要準備好了喔。」

身體往右轉的吉兒停下了腳步。

「今天的主菜是炭烤帶骨羊肉，還有水果沙拉和打入蛋花的法式清湯，配菜是整顆蒸熟的馬鈴薯佐奶油。」

非常豪華。她緩緩回過頭，便看到哈迪斯對她微笑。

「現在剛做好，立刻享用會非常美味。」
「……既然這樣，真沒辦法呢！」
「就是啊，畢竟我也有很多想說的事情，例如妳曾經喜歡過別的男人。」
「我還是去水池吧！」
「啊啊，甜點的酥餅該從烤箱拿出來了。」
「陛下太奸詐了！」
在她回答前，肚子倒是先叫了起來。哈迪斯一把抱起摀著臉的吉兒。
「那麼，我們去吃晚餐吧。畢竟還有事要說。」
「陛下要是耍壞心眼，我不會跟你說話的喔！不過飯還是會吃！」
「聽說維賽爾皇兄要回來了。」
哈迪斯將眨著眼的吉兒放在餐桌的座位上後說：「還是先吃飯吧。」

就在晚餐差不多要結束時，羅已經在鋪滿抱枕的木箱中肚子朝天地睡著了。
蘇堤似乎覺得運動得不過癮，在寢室的露台延伸出去的庭院中，不斷踢著庭院裡的岩塊。最近牠的身形變成非常像雞的模樣，但似乎又不單純只是隻雞。因為每當蘇堤一踢，岩塊就落下碎塊，這樣下去，牠遲早會踢碎岩塊吧。
如此心想的吉兒在床邊坐下，拿著梳子的哈迪斯隨後在她的身後坐下。

「娜塔莉和芙莉達的事，只要照妳的意思去做就好喔。」

「可、可以嗎？不會因為我擅自與她們深入交流，之後帶來困擾嗎？」

「如果有妳幫忙關照妹妹們，我也會覺得安心。接下來大概會有很多事我無法照顧到。帝城裡的人會變多，我也會漸漸無法像現在一樣自由自在地行動。」

哈迪斯一邊為泡完澡的吉兒梳頭髮，一邊說著。

「最重要的是，維賽爾皇兄應該不會承認妳，比起這件事，其他都是小事。」

聽到哈迪斯如此乾脆地說出這件事，她感到困惑。

「您、您那麼肯定他不承認嗎？」

「他對我說過選妃要慎重，要仔細考量後盾。儘管發生過很多事，皇兄是很重視我的。特別像龍妃這種大事，我擅自決定應該讓他很生氣。」

「……他一直想召回放逐到邊境的陛下吧？」

「嗯，沒有錯。我們一直有書信的往來，他甚至有點過度保護了。」

光是聽這番話雖然沒有問題，但吉兒總覺得心裡不太舒服，因為她知道維賽爾外流情報到克雷托斯的事情。

不過吉兒並不清楚維賽爾與哈迪斯是怎麼樣的一對兄弟。

「另外，他和里斯提亞德皇兄的感情很差。」

這倒是多少有察覺。

「所以我想他們會大吵一架吧，而且應該會很激烈。」

然而，繼里斯提亞德之後，維賽爾也經由哈迪斯的手處決。當哈迪斯為了與克雷托斯軍打仗而離開帝都的期間，他趁機占據帝都，所以是以這個罪責處決的。那大約是距離現在起三、四年之後的事情。

實在無法罵他卑鄙。因為在當時，按照傑拉爾德的計策引開哈迪斯，率領部下與哈迪斯的軍隊作戰的人，正是剛開始被稱為軍神大小姐的吉兒。

（但是那時的陛下，還沒有那麼黑暗。）

雖然他數次讓計策全都付之一炬，令人氣得牙癢癢的，不過是一名非常值得尊敬的敵人。

經歷處決維賽爾之後，過不久在戰場上重新與他交手時，就變成了想毀滅一切的暴虐皇帝。

（果然……對陛下而言，維賽爾殿下的存在非常重要吧……）

她稍稍抬起眼，正好與放下梳子的哈迪斯四目相交。

「怎麼了？」

「沒、沒事。他們會吵架啊，知道了。那麼我該怎麼做比較好呢？」

「嗯，這個嘛……」

哈迪斯像要說悄悄話似的壓低聲音，把臉靠近了些。吉兒也換上嚴肅的表情認真地靠過去。

「我還是想要做副食品。」

她花了好幾秒鐘想理解哈迪斯說的話。

「……什麼？」

「養育孩子的事啊，畢竟有十個人──難不成妳忘記了？妳之前說要為我生十個孩子啊！」

「……咦？啊，什麼？有說過有說過，我記得！」

哈迪斯比著急的吉兒看起來更著急，聽完後才放心地拍拍胸口露出笑容。

「太好了。不過要生十個人，最快也得花上十年的時間吧？而且對妳的身體也會有負擔，如果可以，就要趁年輕時開始比較好。」

「說、說得也是……呢？」

吉兒試著理解他在說什麼時，受哈迪斯認真的氛圍影響，總之先答了腔。

「這麼計算起來，最快從妳十六歲或十七歲左右開始要養育孩子。」

「……對、對啊……會是那個時候，沒錯……」

「所以我想做副食品。」

「這個您剛剛說了……」

「如果可以，我希望能幫他們做可愛的新生兒衣服，幫他們換尿布和哄他們。」

「陛、陛下想要養育孩子啊。」

雖然他應該很適合也很拿手，但是話題似乎完全往另一個方向發展了。

（難道話題會接到羅身上嗎？陛下其實想要照顧羅？）

在她想著無法預測的話題會往哪裡去時，哈迪斯繼續表明自己的決心。

「當然了，妳懷孕期間需要的輔助會由我來做。」

「謝、謝謝陛下……？但是陛下，您說的話我不是……」

「這樣計算的話還有五年，得利用空閒時間好好執行皇帝的勤務才行！」

聽到皇帝的計算和結論後，吉兒停頓了一下才生硬地點頭回應：

「原、原來如此，用五年的空閒時間……皇帝是用、空閒時間……」

「沒有錯呀，既然如此，從安定國內政局到對應克雷托斯，就得用最快最短最好的方式全力衝刺才行，不過我已經決定要為了養育孩子而努力。」

「就為了那個理由？」

「咦？不行嗎？」

該怎麼說呢？他認真反問後，自己倒不知道該怎麼回答了。

（不過，比起為了復仇之類的動機，是個好的動力。嗯。）

假如里斯提亞德聽到應該會暈過去，但吉兒肯定地點了點頭。

「我、我認為很好，心態非常正向！」

「所以現在開始會比較辛苦，希望妳能相信我。」

這句話直接正中紅心，緊緊抓住吉兒的心。穿著睡衣的吉兒披上披巾，調整了枕頭準備睡覺的同時，哈迪斯又說道：

「目前我的魔力還沒恢復到一半，沒辦法長時間幻化出天劍，要盡全力做事也有困難，應該會有很多讓人感到心急的部分。而且也會很難找到和妳相處的時間……」

「欸？陛下和我可能會見不到面嗎……」

「有可能。但是，我一定會跟妳結婚，因為這是我跟妳的幸福家庭計畫。」

——吉兒不經意地理解為什麼羅會從蛋裡孵化。

（陛下終於真的打算成為龍帝了。）

雖然還不會飛，不是經常跌倒就是撞到東西，只有逃跑的腳程很快。但是打算靠自己的力量站穩腳步往前走，去面對一切事物。

「我會讓妳成為龍妃。不是只有表面形式或心裡認定，而是真正的龍妃。」

他握著吉兒的手發誓，神情凜然沒有一絲動搖。

「……我喜歡陛下。」

等自己發現時已經那麼回答他了。哈迪斯反而露出驚訝慌張的表情。

「咦？可、可以繼續說那件事嗎……？」

「可以。我喜歡您，很喜歡您。能喜歡上陛下真是太好了。」

她忽然感到喉頭一陣哽咽。因為哈迪斯確實地接收到了吉兒釋出的心意，好好地接受這個某天會被利用完就丟的人，並且給予回報。

她伸出雙手，將身體靠上去緊緊抱住哈迪斯。

「我、我也是，絕對會和陛下結婚，成、成為龍妃……嗚、嗚哇！」

「為、為什麼會因為這件事哭？吉兒，妳冷靜點。」

「陛、陛下……陛下突然超級帥氣啊！」

「這件事有讓妳震驚到大哭的程度嗎？」

看到哈迪斯驚愕地看著自己，吉兒往他的胸口捶了好幾下。

「當然啊，這樣不就害我又重新喜歡上你了嗎？笨蛋！我的陛下太帥了！我喜歡您！什麼傑拉爾德大人，那種人都無所謂了啊啊啊啊！」

「啊，果然是他啊……」

哈迪斯的語氣稍稍一沉地說道，困惑地看著吉兒嚎啕大哭的背影，溫柔地安撫著她。

在吉兒終於平靜下來，滅掉燈光後，兩人一如以往一起躺在床上準備睡覺時，她突然感到害羞起來，哈迪斯也很彆扭，視線也無法與她對望，但因為都不想離開對方身邊，於是兩人第一次背對著彼此就寢了。

第一次體會到，原來只是感受著喜歡的人從背後傳來的氣息，就能夠如此心跳加速。

自己只是稍微動了動，哈迪斯的身體就會因為嚇一跳而震動，不過他什麼也沒說，只是隱藏起自己的動靜，但他那麼做之後，自己又反倒莫名地在意起來。如果等到吉兒長大，哈迪斯所描述的未來真的成真後該怎麼辦？

不過，那是這段幸福戀情的後續了。吉兒放心地閉上眼睛。

「因、因為太緊張，整晚都沒睡……」

「你這點還是一樣沒變啊，不過沒有暈過去倒是有所成長了吧？」

哈迪斯狠狠瞪了那個養育自己長大正飄在半空中的親人。

「龍真是太沒有感情了，難道祢沒看到今天早上的吉兒有多可愛嗎？」

「我反而別過眼沒看啊，那是什麼青澀的粉紅色空間！兩個人不但不敢對看，只是手指頭碰到就弄掉盤子，是人類的形式美嗎？沒有非做這些流程的道理吧？」

「才不只是那樣！吉兒她……吉兒她！那個吉兒啊！她問我要不要出門前的親吻，是那個吉兒，居然自己主動說耶！」

怯生生提出這個要求的吉兒，臉頰染上淡淡的粉色，那副惹人憐愛的模樣讓哈迪斯感到「啊啊今天也是個世界和平的日子啊」而差點直奔天堂。而且，她在下一秒明確地說：「我要成為陛下優秀的妻子！所以得在長大成人前提升戀愛戰鬥力才行！」

那個妻子，事實上可能是被派遣來刺殺他的刺客吧？戀愛戰鬥力究竟是什麼，哈迪斯也不清楚，不過絕對是個好東西。

「在吉兒長大之前，我說不定就會被殺死……」

「是這樣嗎，真是太好了。」

「我覺得我們最近應該把寢室分開比較好……可是那麼做似乎又太刻意了啊！也不是有其他意思，只是，該說是成熟的處理方式嗎……但是還是會想一起睡，想一直一起睡！這樣不行嗎？祢覺得呢？」

「誰知道啦。」

「祢認真聽啊，我很認真想討論啊！」

「我不想聽啦，你也該發現剛剛開始就沒有任何人搭理你了！」

拉維大聲怒吼著，哈迪斯看了看跟在他身後的龍妃騎士們以及走在前面的里斯提亞德。從剛剛開始，靜悄悄的走廊上只有哈迪斯說話的聲音與腳步聲而已。

「拉維，那是因為大家聽不到祢說話的聲音啊。」

「才不是，是沒有人想要吐槽你啦！」

「不必在意，哈迪斯。你繼續和龍神拉維大人對話吧，這是身為龍帝很重要的時間。」

里斯提亞德難得一臉沉穩地說道。「沒錯沒錯」背後的卡米拉與齊克也點頭附和。今天因為哈迪斯這邊比較需要人手，所以吉兒讓護衛跟著他。

「不需要在意我們其他人喔，陛下，請和拉維大人討論。」

「畢竟是養育你長大的親人，得對你負責嘛。」

「可惡，大家因為看不到我聽不到我，居然像這樣愛怎麼說就怎麼說！誰要陪你討論啦，我要睡覺，去睡了！」

「是沒問題啦，但睡太多會變得更胖喔。」

「少囉嗦——我是要保留體力！誰知道什麼時候又會需要用到天劍呢！」

哈迪斯輕輕摸了摸降落在肩膀上的龍神身軀，熟悉的觸感還是沒有變。使用祂時，大多都不會發生什麼好事，然而現在卻讓人覺得很可靠。

那是龍帝的證明，是祂讓自己成為龍帝。

「嗯，拜託祢了。」

「哈迪斯，做好覺悟了吧。」

他們站在面對會議室雙開的門前，在向話不多的里斯提亞德點頭確認前，哈迪斯轉身面對身後的卡米拉與齊克。

「你們就跟到這裡吧。你們的職稱會讓事情變得很麻煩，所以現在還不是時候。」

「收～到，現在還不是時候嘛。陛下，加油喔。」

「我們會在附近待命，只要你一喊就會衝進去。」

哈迪斯感激地收下這句可靠的話，重新面向門。在他點頭後，里斯提亞德將手擺在門上。

（我要讓吉兒成為龍妃，一定要。）

在門的另一邊等待的人們究竟是敵是友？得先判定這件事。

「哈迪斯，我回來了。」

一名長相沉穩的青年，從會議室後方的座位站了起來。他看似灰色的頭髮非常柔軟，一雙淺色眼瞳彷彿籠罩一層雲霧的月亮般清亮。之前一直認為他的髮瞳顏色與自己非常不相像，日前才得知原來他其實是異父哥哥。維賽爾應該也聽說這件事了。

不，維賽爾是格奧爾格女兒的未婚夫，所以以前就知道這件事的可能性很高。

「歡迎回來，維賽爾皇兄。」

拉維一聲不吭地從胸口一溜煙地回到體內。哈迪斯挺起胸膛，跨出步伐往哥哥以及他帶來的士兵與文官等人羅列的會議室當中。

從他的視線看出去左側的長桌是里斯提亞德與艾琳西雅的座位，右側的位置則是維賽爾與其他大批臣子們的。在會議室最裡面只有一張桌子連接了兩張長桌，便是皇帝哈迪斯的座位。

這就是現在這個國家的勢力圖。

會議室的門等了一下才關上，里斯提亞德走在哈迪斯身後。就在這個時候——

從會議室左右出現的斐亞拉特士兵，拿著武器包圍住里斯提亞德。原本就在會議室裡的艾琳西雅踢開椅子站了起來。

「喂，這是在幹什麼？難道斐亞拉特公爵打算反叛嗎？」

「請不要這麼早下定論，艾琳西雅大人。這不是反叛喔，因為我帶來的兵是重新編制而成的新帝國軍，留在帝城裡的帝國兵已經沒有用武之地，必須全數抓起來，凡是抵抗的都要處決，這是早已下達的命令。」

「什麼……？我沒聽說過這件事啊，哈迪斯！」

「我也是第一次聽說。」

聽到哈迪斯的回答，艾琳西雅驚愕地低聲說道：

「沒有皇帝允許就重新編制帝國軍，哪有那麼愚蠢的……！」

「那是一度對哈迪斯刀刃相向的軍隊。把一個可能藏有間諜的組織，一直放在皇帝身邊才讓人匪夷所思。」

「應該要認為他們是一支即便在這種狀況下還願意留下的軍隊才對！他們是為了保護我們的國家——更重要的是，這也不構成需要對里斯提亞德刀刃相向的理由！」

維賽爾從喊著這番話的艾琳西雅的方向，轉身面向哈迪斯。

「哈迪斯，首先，有件遺憾的事得向你報告。拉迪亞大公領地遭到前帝國軍——也就是逃走的反叛者們占領了，他們遲早會打算造反吧。」

坐在會議室右側的人們一點都不感到震驚，看來是在事前知道這件事了。

完全被蒙在鼓裡的，只有哈迪斯他們。

「里斯提亞德．提歐斯．拉維第二皇子殿下，你涉嫌參與他們占領拉迪亞領地一事。」

皇太子以極度冰冷的眼神，以宣判似的口吻向第二皇子說出這段話。

吉兒揹著裝有羅的背包繞過後院，皺起了眉頭。

（警備果然很少，人手真的不夠呢……）

該說多虧如此吧，她得以在沒有被任何人攔下查問的狀況下，按照約定好的時間順利抵達娜塔莉房間的露台。她雖然穿著工作制服，但過來的路線不管怎麼看都非常可疑。

「早安！」

「妳怎麼會從露台過來？」

「因為我想確認一下警備狀況，這很重要。」

吉兒理直氣壯地回答，娜塔莉則歪著頭說：「是、是嗎……？」為她打開露台的門。芙莉達也在房間裡驚恐地看著吉兒。裡面沒有其他僕人，應該是因為人手不足，為了準備迎接維賽爾皇太子而全都調度過去了吧。

「我按照約定帶來了，這就是我正在養育的龍！」

今天背上塗有可愛的花朵模樣，羅心情極好地打了招呼。

「嗚啾！」

「……怎麼有這種顏色……應該說花樣……新品種……？從、從沒看過啊！」

「是斑紋龍！背上斑紋看起來像花朵，非常可愛吧！」

「嗚啾！」

牠強烈地同意吉兒的話。另外一提，背上的花朵圖案是豁出去的卡米拉的力作。

娜塔莉露出極度懷疑的表情抱起羅東看西看，應該不至於認為牠是黑龍吧。不，是絕對不希望被她看出這是一頭用顏料裝扮過的金眼黑龍。

芙莉達悄悄接近，用圓圓的眼睛向上看羅。

「牠叫什麼名字？」

「牠叫做羅！」

「真可愛呢，花紋也很好看……」

羅眨眨眼後發出「啾……」的叫聲，想藏起自己害羞的臉。當芙莉達墊腳伸手過去摸了摸牠的翅膀後，牠便扭動起來。

看見這幅溫馨的光景，吉兒心裡也暖暖的，娜塔莉小聲地問道：

「……牠聽得懂人類說的話，真的是斑紋龍嗎？」

「沒錯啊，請看看牠身上有黃色、茶色、紅色交錯的鱗片。」

就算視線慌亂，也要表現出理直氣壯的模樣。先放棄的是娜塔莉。

「……好吧。妳今天真是有精神又有氣勢呢，昨天明明才自殺未遂，發生了什麼好事嗎？」

對娜塔莉而言，大概只是打算找個話題話家常吧。

然而吉兒想起自己下了新的決心而挺直背脊。

「是的，其實昨天晚上，我們確認了彼此的愛意！」

羅從娜塔莉的手中掉到地上。芙莉達原本抱著的玩偶跟著掉到牠身上，羅的眼睛眨啊眨的。

「我的丈夫真的是最帥氣的人了！為了要成為適合他的妻子，我已經下定決心要不斷精進我自己！」

「……丈夫？妻子？等等，妳幾歲呀？」

「十一歲！」

「妳……妳結婚了……嗎……？」

「啊，我們還沒有舉行婚禮。不過總有一天一定會完成這件事！要舉辦盛大的婚禮！」

傻住的娜塔莉終於回過神，然後說道：

「已……已經做了結婚的約定啊。只、只是孩子間的約定吧？」

「我會讓他負責的，畢竟對方是個快滿二十歲的男性。」

「那種戀童癖的人，現在立刻跟他斬斷緣分！」

在臉色發青的娜塔莉身邊，是一副輕飄飄又害羞的芙莉達。

「和哥哥同年……很帥……？」

「那可不行！我在昨天又重新愛上他了……！」

「真好啊……要當新娘……」

「芙莉達殿下這麼可愛，一定很快會有很好的對象出現的。」

「等等，不可以，妳完全上當受騙了！芙莉達也不可以被騙啊！」
「但是，哥哥非常優秀……如果是像哥哥一樣的人……」
「那是兄妹關係啊！結婚可不同！」
「嗚啾。」
在地上的羅害羞地摀著臉，用尾巴啪嗒啪嗒地拍打著地板。娜塔莉發現後，手扶在桌上做了深呼吸。
「……等一下再談這些吧，我現在先看這孩子……」
「啊，好的，麻煩您了！我想要成功養育這孩子之後再結婚。」
「妳別再說些會讓人腦袋混亂的話了——這孩子是金眼呢。」
似乎知道自己正受到關注，羅的視線透過爪子與爪子之間往上看。娜塔莉蹲了下來，為羅進行觸診。
「整體而言牠的鱗片似乎哪裡怪怪的……胎毛也很粗糙……算、算了吧。看起來沒有受傷的地方，翅膀能夠完整展開嗎？」
被這麼詢問的羅，自豪地展開自己的小翅膀給她看。娜塔莉瞇起了眼。
「……我說啊，這孩子以斑紋龍而言，實在聰明過頭了。」
「牠是金眼，在斑紋龍裡也會比較聰明吧！」
「……翼膜也沒問題。不過翅膀大小和身體比例上感覺不是很平衡……」
「哪、哪裡有問題嗎？」

吉兒立刻擔心起來，娜塔莉搖了搖頭。

「還不到需要擔心的程度喔，畢竟牠還是頭幼龍。但是……硬要說的話……」

娜塔莉一臉正經地對著吞下一口口水的吉兒說道：

「牠的屁股很大。」

「……屁股嗎？」

「屁股……」

「……啾？」

繼娜塔莉之後，吉兒與芙莉達凝視著羅，牠則是雙手慌張地繞到身後。

「正確地說是後腳，不過牠的尾巴也比較粗，全身都相當豐滿吧？」

「……確實沒錯，感覺整體上布滿脂肪，而且牠經常跌倒。」

「啾？」

「這孩子會長很大喔。」

娜塔莉用她纖細的手臂抱起羅，放到桌上。

「偶爾會有這種成長進度比較慢的狀況……應該說，牠是個沒有飛的必要就不飛的孩子。不過這樣的孩子，可能會成為非常強大的龍呢。如果是特殊的龍，養育方式通常會和一般的龍有所不同喔。」

「喔……」

「像是龍王的黑龍，還有利用龍帝的心靈為養分的傳說。」

「是、是喔——！羅，你會變強，真是太好了呢！」
雖然有種穿幫的感覺，只好轉向對羅說話來蒙混過去。娜塔莉毫不在意地說道：
「如果妳很擔心，就想著牠是因為屁股太重飛不起來就好了喔。」
「嗚啾！」
羅看起來不高興地鳴叫，接著舉起尾巴搖搖屁股。
「嗚啾、嗚啾！」
八成是想證明牠的屁股不重吧。牠拚命地搖啊搖，看了只覺得可愛不已。娜塔莉不禁笑了出來，芙莉達也露出彷彿要融化的微笑。
「真是可愛……」
「嗚啾、嗚啾～！」
「我、我知道了，我知道了啦，羅，那個……會去瘦身的。」
是陛下，她在心中默默說道。羅一臉不滿地看向吉兒。終於止住笑意的娜塔莉說道：
「牠並沒有其他問題，所以與其勉強進行飛行訓練，不如慢慢守護牠的成長就可以了。咦？怎麼了？」
羅在娜塔莉的身上蹭了起來，一副感激不已的樣子。
一定是因為聽見可以不必勉強牠飛。吉兒感到傻眼，接著雙手插腰。
「真是的，羅！你只是討厭訓練吧？」
「嗚啾啾～」

牠用像是在吹著口哨裝傻的態度從桌上下來，躲到芙莉達身後。看到牠和哈迪斯驚人相似的程度，反而讓人感到無力。倒是芙莉達開心地笑了。

「羅，這個是我的朋友……要不要一起吃餅乾？」

「啾～」

認識了白虎玩偶後，羅高興地跟在芙莉達身後。

（……算了吧，就當作是與妹妹的交流……陛下要是知道了，不知道會是什麼表情？）

等一下把妹妹們和羅一起玩的事告訴他吧。哈迪斯因為妹妹們會害怕自己，所以與她們保持著一定的距離，聽到這件事應該會稍微放心。

「這個餅乾啊……最近只要一回神，就會發現它放在房間門前……」

「咦？那是哪裡來的？不會很危險嗎？」

「哥哥說沒有問題……娜塔莉姊姊這裡也有送來，很好吃喔。」

芙莉達笑嘻嘻地從透明的袋子裡拿出包裝得很可愛的餅乾，娜塔莉則是雙手抱胸。

「確實很好吃，但實在太可疑了。因為不是僕人放的，一開始還以為有下毒呢。可是如果這樣下毒又太愚蠢了，所以才沒有繼續警戒。」

「一定是做餅乾的小精靈，因為我沒吃過這麼好吃的餅乾。」

羅從芙莉達手上收下餅乾，不知為何從鼻子噴了幾口氣。

吉兒想著「怎麼可能」將視線移開後，忽然一驚。嘗了之後說不定就會知道。

「我、我可不可以也嘗嘗看呢？」

「好，請用。」

從芙莉達那裡獲得一片後咬下的瞬間，她全都懂了。

這個甜度非常絕妙。邊緣烤得酥酥脆脆、中間的質地濕潤，搭配撒在表面大顆粒的砂糖所產生的美妙口感——

（是陛下。）

而且里斯提亞德也准許，就幾乎確定了。難道是他親自來到妹妹們的房間前放的嗎？果然在吉兒不知道的地方，哈迪斯似乎很努力。努力的方向稍微偏差的程度，更加能感受到很有丈夫作風的心意，讓人幾乎要泛淚。

「等、等見到製作這個餅乾的人時，請對他好一點喔……！」

「妳突然怎麼了……」

「妳認識做餅乾的小精靈嗎？那個……」

原本打算叫吉兒名字的芙莉達歪了歪頭。娜塔莉吃著芙莉達帶來的餅乾，不經意地問道：

「話說回來，妳叫什麼名字？我好像還沒有問過妳。」

吉兒的視野裡有東西動了，她看見窗外有個閃閃發光的東西。身體反射性地行動了。

「危險！快趴下！」

數支箭射破玻璃窗。隨著娜塔莉與芙莉達的驚叫揚起，露台遭踹破，傳來森嚴的無數腳步聲和槍口瞄準的聲音。

「把手舉起並趴下！若是反抗就擊殺！」

「你、你們要做什麼——斐亞拉特軍？」
看見軍服上徽章的娜塔莉抱住芙莉達喊道。斐亞拉特，是格奧爾格的後盾，同時是三公爵之一，之前一直主張與格奧爾格沒有關係，難道現在攻進帝都了？
「妳們是娜塔莉皇女殿下和芙莉達皇女殿下吧？正好，請跟我們一起走吧。」
「這場騷動是怎麼回事！斐亞拉特公爵在做什……難道是維賽爾皇兄？」
「看來妳好像有些誤會。光是稱我們為斐亞拉特軍就不對了，接下來就由我們——唔！」
在那個士兵將手伸向娜塔莉前，吉兒已經用手肘朝他的腹部重擊下去。看到同伴彎下腰倒下的樣子，士兵們一陣慌張。
「這、這小鬼是誰？只是個僕人啊！」
「小心點，可能是留下的帝國軍中有魔力的人！」
「請快點帶著羅逃走！可以的話去找皇帝陛下或帝國軍保護！」
吉兒從一個男人後腦迴旋一踢，讓他撞上牆面，右拳往他的腹部揍去。然而因為魔力不足，打擊的力道很輕，無法一次解決數個人。
沒有敵人從城裡的走廊入侵的動靜。雖然城裡還是可能有敵人正在埋伏，但若無法在這裡阻擋從外面入侵的敵人，就會遭到夾擊。
「可、可是妳……」
「在這裡會礙事，快點走！」
城裡如果有騷動，哈迪斯一定會察覺。被吉兒怒吼的娜塔莉一驚，隨即抱起羅，拉起芙莉達的手跑起來。

「快去追皇女！稍微傷到無所謂！」

「才不會讓你們過去！」

吉兒向打算追上去的男人背後踹了過去，站在娜塔莉她們逃出去的門前。

「對皇女刀刃相向啊，終於露出叛賊的面孔了？」

「叛賊？叛賊是你們才對吧，帝國軍。不對，應該要用**舊**帝國軍來稱呼才對。」

吉兒不明所以地皺起眉頭，在露台的一名士兵抬了抬下巴。

「雖然她有魔力，但也只是個孩子，這裡就交給你們。別浪費時間，我們去其他地方吧。」

「如果發現皇女就把她們抓起來。」

前方的士兵持續將槍口對準吉兒，其餘半數以上的士兵則開始退後。看來他們要留下同伴去追娜塔莉她們。

（這是怎麼回事？不是斐亞拉特軍來進攻嗎？我該怎麼行動……不管了，這種時候就想得單純一點！）

這些人突然襲擊而來，娜塔莉她們也害怕得逃走了，僅僅如此就有充分的理由認定這些人是敵人。

何況進行攻擊的是對方，站在我方立場並沒有需要顧慮。若有什麼隱情，就等把這些人全都殲滅後再詢問就好。有責任說明事情原委的不會是吉兒，而是進行攻擊的敵方。

（嗯，只要不殺死他們就可以吧！全部揍一輪！）

是久違的運動。吉兒轉動手臂，為了打倒眼前的敵方士兵而蹬向地面。

維賽爾緩慢地環視會議室一周，平靜地開口：

「我從頭開始說明吧。首先，拉迪亞領地遭到逃走的帝國兵占領了，雖然沒有任何聲明，但叛亂只是遲早的問題。這件事正是在你們各位袖手旁觀的時候發生的。」

聽著維賽爾的指責，艾琳西雅握緊拳頭，里斯提亞德則保持沉默。

然而，這是有預想到的事。拉迪亞是格奧爾格以代理形式做為領主的土地，也就是反叛者治理的領地。因此哈迪斯他們也關注著這地方是否為前帝國軍逃亡的地點。

只是，暫定管理拉迪亞領地的人是格奧爾格的輔佐官，當時收到的回報是沒有異樣。儘管並沒有盡信這個情報，因為拉迪亞是個特殊的領地，所以無法隨意更進一步出手。

艾琳西雅語氣嚴厲地出聲反駁維賽爾。

「那麼為什麼會懷疑里斯提亞德謀反？如果說拉迪亞有叛亂的徵兆，應該要優先懷疑身為皇叔後盾的斐亞拉特公爵才對！」

「我並不想懷疑他，因為斐亞拉特公爵可是像這樣提供我軍隊、人手與資金。」

原來如此，哈迪斯終於理解他擁有超過原本該有的支援的原因。貴族真是一點都不能鬆懈，只要不那麼做便無法生存。

「再說，事情並未那麼單純。最糟糕的是，我也收到情報，說萊勒薩茨領地裡有克雷托斯軍駐紮在那裡。」

「克雷托斯軍？你是說，難道他們連宣戰都沒有，就要進攻過來嗎？」

哈迪斯制止了著急的艾琳西雅，自己插話問道：

「皇兄，萊勒薩茨是一個貿易都市，若是為了護衛交易團，克雷托斯軍前往那裡是很平常的事啊。只因為這點就說他們有反叛之意，未免太亂來了。」

北方的水上都市貝魯堡與南方的貿易都市萊勒薩茨，所有人都知道這兩座城市是與克雷托斯王國交流的窗口。維賽爾柔和地對他微笑。

「你還是一樣那麼天真啊。應該知道吧？萊勒薩茨領地的北方和拉迪亞領地鄰接，而且萊勒薩茨公爵最近運送了大量的食物和武器到拉迪亞領地。如果他打算把在萊勒薩茨領地的克雷托斯軍也送去拉迪亞領地呢？」

這時候，里斯提亞德「哈」的笑聲終於在會議室響起。

「也就是說，皇太子殿下想說的是這樣吧。背叛哈迪斯後從帝都逃出的反皇帝派帝國兵占領了拉迪亞，然後不知為何，我的外祖父大人——萊勒薩茨公爵支援了那些人，所以有萊勒薩茨公爵做為後盾的我，就可能與反皇帝派有所勾結。對吧？」

「你能這麼快理解，真是太好了。」

維賽爾靜靜地經過哈迪斯身旁，圍住里斯提亞德的斐亞拉特士兵們——也就是以後的帝國軍讓出一條路給他。

這麼一來，哈迪斯終於看見面露嘲諷笑容的里斯提亞德。

「你真行，居然能得知那些情報。不知道你的情報來源是哪裡，但你是不是忘了，你和皇叔的女兒有婚約，後盾就是皇叔的事？」

「我當然記得啊。不過我是阻止皇叔，而且最後因為與哈迪斯有所聯繫而被趕出帝都的人。不然你可以向當時一起受軟禁的後宮的人們與妹妹確認看看？里斯提亞德大人對於打聽這種程度的事應該不是問題才對。」

「你還是一樣，對哈迪斯以外的皇族，即使是兄弟姊妹也會加上大人的敬稱呢。真是討人厭的皇太子殿下。」

「非常抱歉，因為以前我誤會我們彼此是對等的時候，經常被拉維皇族的各位強迫著向你們低頭，這習慣改不掉。但話說回來，里斯提亞德大人，你是什麼時候認同我是皇太子呢？我第一次聽到你那麼說。」

「現、現在不是爭論這種事的時候了吧，維賽爾、里斯提亞德……！」

「沒錯沒錯，希望你們不要誤會，有關萊勒薩茨公爵的動向，情報都是由諾以特拉爾公爵那裡獲得的。」

聽到伯父諾以特拉爾公爵的名字，艾琳西雅屏住呼吸。

「艾琳西雅大人雖然只是一時出手幫助格奧爾格大人，但諾以特拉爾公爵應該只是打算挽回那個失敗。不必為此煩惱喔，艾琳西雅大人。」

這番有所影射的話，讓艾琳西雅低下頭。里斯提亞德提高了音量說道：

「事情和皇姊無關吧，如果真的是我的外祖父大人進行不妥的計畫，而諾以特拉爾公爵有所察覺，報告這件事是拉維帝國貴族的義務，不需要感到羞恥。」

「里斯提亞德……」

垂下眉尾的艾琳西雅懷著複雜的心情說出弟弟的名字。維賽爾瞇起了眼。

「真不愧是里斯提亞大人，看來你對於自己的立場非常清楚。那麼，在這樣的前提下，我對你有兩個提議。」

維賽爾豎起兩根指頭。

「一個是在萊勒薩茨公爵的嫌疑洗清之前軟禁你，當然了，芙莉達大人也要一起。」

「要我們當人質嗎？如果是錯誤情報，你可是會與萊勒薩茨公爵為敵。」

「那種時候就得請情報來源的諾以特拉爾公爵出面解釋了。處裡事情有先後順序。」

里斯提亞德目瞪口呆地反駁：

「你打算讓萊勒薩茨公爵和諾以特拉爾公爵對立嗎？」

「這點不必擔心，我一定會給萊勒薩茨公爵說明的機會。接著是第二個提議，里斯提亞德大人。這個機會就讓你來執行，這樣如何？」

「……要我去面對萊勒薩茨公爵，為自己洗清嫌疑的意思？」

維賽爾對低聲確認的里斯提亞德點了點頭。

「只不過，芙莉達大人得留在帝城裡，因為你的嫌疑還沒有洗清。」

那當然是為了讓她成為里斯提亞德的人質，這點不言而明。

「無論是哪一項提議，直屬於你的龍騎士團自然不用說，由你挑選待在哈迪斯身邊的人才都會全部排除，在帝城的舊帝國軍也是。放心吧，我帶回來的人都非常優秀，政務不會停擺，甚至還可能大有進展。」

「你考慮得真澈底，我也不得不佩服皇太子殿下的才華，可讓我稍微吃了一驚呢——但是很不巧，我沒有離開帝都的意思。當然也拒絕軟禁的生活。」

「……他這麼回答呢。那麼，哈迪斯，該怎麼做才好呢？」

忽然被詢問的哈迪斯，眼睛眨了好幾下後，直率地說出自己的想法。

「問我怎麼做……真是嚇一跳，沒想到我突然這麼受皇兄們歡迎。」

維賽爾的笑容僵住了，里斯提亞德則一副深感無力的表情。

「……你在說什麼啊？」

「我在想你們是不是在談，應該要讓哪位皇兄留在我身邊呢？」

「可能是這意思沒錯，但好歹看看這場合的氣氛！你就是——」

「里斯提亞德皇兄，你好囉嗦。」

「不要在我說教之前先抱怨，仔細聽！害我那麼囉嗦的人就是你啊！」

「哈迪斯，你已經改口稱里斯提亞德大人為皇兄了啊。」

聽到維賽爾平靜地確認，里斯提亞德閉上了嘴。

哈迪斯走向自己在會議室深處的座位反問道：

「不能那麼叫嗎？」

「……不，只不過你在知道與他沒有血緣關係之後，居然願意接受他是你的哥哥，這點讓我有點意外。」

「維賽爾皇兄果然早就知道這件事而沒有告訴我啊。謝謝。」

他為自己拉出椅子，並在椅子上坐了下來。當他坐下後，艾琳西雅便小跑步來到他旁邊小聲問道：

「哈迪斯，要怎麼做？拉迪亞領地和萊勒薩茨公爵的事……還有里斯提亞德也是。」

「嗯～就是說啊，拉迪亞領地的叛亂如果是真的，那相當困擾呢。因為那裡本來應該是由龍妃治理的自由都市。」

帝室規定「只有在沒有龍妃時」，會由帝室派出代理領主。因此，在格奧爾格被討伐後，下一個領主一直沒有決定。明明有吉兒在卻要派出代理，全是因為哈迪斯有可能宣布吉兒不是龍妃的關係。

（假如可以，在為吉兒鋪好成為龍妃的路之前，原本打算先曖昧行事的。）

『行不通喔，那裡是拉迪亞，龍妃的神器很有可能已經顯現了。』

拉維明明說要睡覺，卻把所有的對話聽得一清二楚，挑這個時候冒出來提醒。真是的，龍有龍的道理，人有人的道理，現在全加諸在自己身上，真麻煩。

然而，使兩邊保持平衡正是龍帝的使命。

「不過現在有龍妃在，既然如此應該要先徵求她的判斷吧？」

對於哈迪斯的提議，周圍的人全都彼此互看。維賽爾露出苦笑。

「難道打算讓你說的龍妃去鎮壓拉迪亞嗎？確實，如果她自稱是龍妃，那也是個辦法。」

「那樣不錯呢。」

若是吉兒一定能辦到。只要那麼做，等於幾乎可以送吉兒上龍妃之位，在那之後，就沒有人能夠事後說吉兒不是龍妃了吧。

看著笑咪咪點著頭的哈迪斯，維賽爾的笑容消失了。這個聰明的哥哥和那些認為不可能做到而輕鬆嘲笑著的人們不同，他似乎知道些什麼事。

「……但是，哈迪斯，聽說那個龍妃原本是傑拉爾德王太子的未婚妻吧？」

「你說什麼？哈迪斯，我可沒聽說過這件事啊！」

「是、是真的嗎？哈迪斯，你是怎麼把吉兒帶過來的？」

里斯提亞德與艾琳西雅都轉頭看向哈迪斯，但他只是歪了歪頭。

「我沒說過嗎？傑拉爾德王子確實打算向吉兒求婚喔。」

哈迪斯肯定的答覆讓艾琳西雅無言以對，里斯提亞德則臉色鐵青。

「不過，吉兒逃開了，所以根本沒有受到求婚，說原本是他的未婚妻也很奇怪啊，只是對方單方面那麼認為。」

「哈迪斯，那都是歪理喔。她非常有可能是克雷托斯的間諜，以後也很有可能變成間諜。」

「等……等一下，維賽爾。你說的事如果是真的，我可以理解你對吉兒的懷疑，也很吃驚。但是，吉兒一直和從帝都放逐的哈迪斯在一起啊，哈迪斯能夠像現在這樣平安無事地坐在這裡，都是她的功勞。如果要懷疑……」

艾琳西雅雖然驚慌，還是為吉兒說話，然而維賽爾用冰冷的眼神詢問：

「如果她的目的是成為龍妃，讓龍妃的神器顯現，並且將神器帶回克雷托斯呢？假如她要前往拉迪亞進行鎮壓，那說不定就是她的目的。」

里斯提亞德很討厭維賽爾，正是因為他的說話技巧非常厲害。這下要讓吉兒以龍妃身分去拉迪亞就變得困難了。

「現在，拉迪亞領地遭到占領，而克雷托斯軍打算進入裡面。這件事真的可以只用偶然兩個字帶過嗎？真的能說與她無關嗎？話說回來，找個克雷托斯出身的龍妃本身就很奇怪。」

贊同的聲音開始在周圍響起。大概是感受到情勢不利，艾琳西雅抿起嘴唇沉默著。

接下來，要怎麼出招呢？

沉浸在思緒中的哈迪斯似乎讓維賽爾心急了，語氣顯得焦躁起來。

「就在這個瞬間，她的計謀正在進行中也說不定——」

「喝啊啊啊啊啊！」

維賽爾的聲音被一陣勇猛的吆喝聲和玻璃的碎裂聲打斷。

哈迪斯可愛的妻子使出漂亮的一腳從窗戶躍身而入。

（啊啊，這下維賽爾皇兄就會完全提防她了。）

剛剛想好的其中幾個計策行不通了。

但是自己又好喜歡看著自由、強大又帥氣的吉兒。

手肘靠在椅子扶手上的哈迪斯不自覺地揚起嘴角笑了。

吉兒將最後一個人踢到房間某處，在降落到長桌上後吃了一驚。在她眼前的人是哈迪斯，他身旁有艾琳西雅，周圍的其他坐在椅子上的人看起來都是地位相當崇高，正經八百的男性們。

（糟糕，我好像闖進了不該闖的地方！）

帝城實在太大，沒有全部掌握內部狀況而導致這種災難。這種時候首先要進行報告。吉兒俐落地向哈迪斯敬禮。

不管這裡位於帝城何處，地位最高的絕對是皇帝哈迪斯。

「突然闖進來，真是非常抱歉，陛下！我正在追捕賊人——啊，請放心，這傢伙是周圍的最後一個！其他人已經全數擊落！只是可能還有漏網之魚，因為我數到八百人之後就放棄計算，所以並不清楚正確的人數。」

「八、八百？喂、喂，進入帝城的士兵數量有多少？」

「四、四千，帝都外還有一萬人在待命……這、這小女孩難道把斐亞拉特軍全滅了……？」

「開玩笑吧！」

聽到四周躁動起來的聲音，吉兒擔心自己可能搞砸了什麼事，慌張地說：

「那個，我只是讓所有人暈過去而已！有折斷骨頭，但應該都完整地連在身上。是真的，陛下。因為突然遭攻擊，我才不得不應戰……」

「我明白，妳只是進行正確地防衛作戰而已。」

聽到哈迪斯溫柔的回答，她放心下來。

「但是不能太亂來喔，吉兒，妳有受傷嗎？」

「我沒事！然後……奇怪，里斯提亞德殿下，你在做什麼？」

這是什麼狀況？吉兒發現了被士兵們圍住的里斯提亞德。那些士兵們穿的制服與她剛剛四處追趕的士兵們一樣，吉兒吃了一驚後擺好架式。

「陛下，里斯提亞德殿下似乎被抓住了！您有允許敵人的入侵嗎？」

「嗯～妳怎麼想？」

哈迪斯有點調皮地笑著，看起來很樂在其中。她自覺自己在沒搞清楚場合也沒看清狀況就闖進這裡，因此感到尷尬。

「您為什麼看起來那麼高興啊，陛下……」

「因為看到我的妻子可愛又帥氣，還令人感到可靠啊。」

「就、就算你誇我，回家的親吻還是要等工作結束之後喔！」

「哈……哈迪斯、吉兒……氣氛……看一下氣氛……」

在艾琳西雅低聲提醒他們時，有個笑聲響了起來。是里斯提亞德的笑聲。

「放心吧，我沒有被抓喔，吉兒小姐。啊啊，應該說我才不會被抓。」

「咦？那麼你們在做什麼？」

「做什麼？只是針對以後的事，和維賽爾皇太子殿下一起討論而已。」

吉兒被那個名字以及視線所及的人物嚇了一跳。不過她還記得那個身影。

垂落下來的灰色長髮，以及彷彿藏在雲朵後的月亮般的沉穩眼瞳，看起來與世俗紛爭無緣的模樣。不知是否因為他身穿長襬的長袍，與其說他是皇太子，不如說看起來更像一名祭司。

「我決定了，哈迪斯。我要前往萊勒薩茨公爵領地。要不然乾脆將進入那裡的克雷托斯軍全都排除掉，這樣就沒有怨言了吧？」

看著里斯提亞德用豁然開朗的表情如此說道，維賽爾不知為何皺起眉頭。

「你說你會留下芙莉達大人乖乖離開帝都？」

「嗯，沒錯。那就是你所期望的吧？我就聽你的。芙莉達是個優秀的皇女，哈迪斯也不會有問題。沒錯吧？」

「我不是一直那麼說嗎？里斯提亞德皇兄真是愛操心。」

「那麼，這樣就能了結關於我的嫌疑了——你們以為我是誰？真無禮，如果接下來想當帝國軍就讓開。」

里斯提亞德一瞪，一名士兵便收起長槍。里斯提亞德「哼」地一笑，不禁直直看向吉兒。

「龍帝就拜託妳了，龍妃。」

「啊，是！」

雖然搞不清楚內情，她本來就會那麼做。吉兒挺直背脊接受了命令。里斯提亞德帶著滿意的笑容轉過身，走出會議室。

（什、什麼意思……他說帝國軍，是指斐亞拉特軍嗎？）

他們不是賊人嗎？愈來愈不懂是什麼狀況了。

「追上去，別讓他一個人。」

「是……是。」

維賽爾下了命令，於是有數名士兵趕去追上里斯提亞德。

「對了對了，維賽爾皇兄，我重新介紹給你認識吧。」

哈迪斯站起身，沒有任何說明就抱起吉兒。儘管吉兒認為這個行為在這種場合並不恰當，但因為不清楚狀況，只能順著哈迪斯的意思。

「她就是我選擇的妻子，是龍妃。」

一陣寂靜在會議室中蔓延，現在的場面大概就是需要這種效果吧。

總之吉兒先擺出俐落的表情。虛張聲勢很重要。

「話說回來，這個人不就是之前離開帝國軍的士兵嗎？我記得他。」

哈迪斯看了看吉兒撂倒在地上的賊人，開口說道。艾琳西雅聽到後眨眨眼，走到暈厥的賊人身旁。

「確實是，我也記得這個人的長相……原來轉職去斐亞拉特軍了……」

「咦？那、那這下可能不妙了，陛下！因為我請娜塔莉殿下和芙莉達殿下去尋求帝國軍的幫忙……！」

一旦那些人假扮成帝國軍，就會連友軍也分不出誰是敵人了。而且羅也在她們那裡。哈迪斯抱著臉色發青的吉兒，眼光看向維賽爾。

「現在先去找娜塔莉和芙莉達，皇兄，這樣可以吧？剩下的等一下再談。」

「……真是沒辦法。看來她是一個讓人意想不到的小女孩，許多事我也要重新思考。」

維賽爾意味深長地瞥了吉兒一眼，隨後踩著無聲腳步走出房間。

那個有如遠離塵世的步伐，似乎很像哈迪斯。

「什麼？要抓留在這裡的帝國軍……那、那麼做等於是要把他們當叛賊來處決的意思嗎？」

「沒錯，然後要讓維賽爾帶回來的斐亞拉特士兵成為帝國軍。現在的帝國兵則打算以不知道有誰會背叛的理由，捨棄掉他們。」

「是、是這樣嗎？」

艾琳西雅對打算進行評判的吉兒使了眼色，表示附近有士兵在。於是吉兒壓低音量。

「如果那麼做，對於國家和陛下的信任會消失殆盡的。沒有任何理由就把人當成逆賊，這種狀況下，沒有人會願意賭命保護國家和陛下。」

「就是啊，對賭命作戰的士兵們轉變態度，是身為國家統治者最不該有的行為……如果逃走的帝國兵真的占領拉迪亞領地，並且即將叛亂，進行某種程度的審訊倒是無可厚非，但那種做法實在太蠻橫了。」

「里斯提亞德殿下真的打算在這種狀況下離開帝都嗎？」

里斯提亞德費盡千辛萬苦為哈迪斯鞏固了基礎，在吉兒力有未逮的地方，也成為哈迪斯非常大的助力。

艾琳西雅對不禁感到不安的吉兒嘆了口氣。

「恐怕是，而且哈迪斯也允諾了……里斯提亞德一定是把一切賭在妳身上了。」

「咦……」

「找到了！是芙莉達皇女！」

聽到這句話傳過來，吉兒與艾琳西雅一起跑出去。

帝國軍——按照維賽爾的說法是舊帝國軍，與試圖追捕他們的斐亞拉特士兵產生紛爭，大概是被捲入其中，芙莉達搖搖晃晃地從置物間走出來。

「艾、艾琳西雅姊姊……唔！」

「芙莉達，太好了！妳沒受傷吧？娜塔莉去哪兒了？妳們沒在一起嗎？」

大概還是對士兵包圍一名年幼的少女有所顧慮，維賽爾他們與她保持著距離，奔跑趕來的艾琳西雅緊緊抱住芙莉達。吉兒也認為自己現在過去會造成混亂，所以待在遠處觀察四周。

（羅不在……牠跟娜塔莉殿下在一起嗎？）

牠是金眼黑龍，若事態緊急會有能力自己想辦法——她心裡想這麼相信，又有點難以相信。

儘管那時自己判斷讓牠跟娜塔莉一起逃走是最上策，但不安還是湧上來。

彷彿應證她的擔憂，芙莉達在艾琳西雅的臂彎中小聲地回答：

「娜、娜塔莉姊姊她……被、被帝國軍……」

「人質啊……！」

在低聲嘀咕的艾琳西雅背後，聽到維賽爾嘆了氣。

「立刻派人搜索和追擊，現在人應該還在帝都裡。」

「不行！」

芙莉達發出如慘叫般的聲音，從艾琳西雅的懷中跑出來。接著她站在維賽爾面前，用力張開兩隻細小的手臂擋住他。

「不、不可以追、追上去。追過去就會死，娜塔莉姊姊是那麼說的……」

就在所有人都屏息看著這一幕時，芙莉達凜然地抬起頭。她的腳邊發出啪擦聲，有如閃電的東西竄出——是芙莉達的魔力。

「我以第三皇女芙莉達‧提歐斯‧拉維之名下令！不做追擊，要進行交涉！帝、帝國軍從叛賊斐亞拉特軍手中保護娜塔莉皇女殿下！」

艾琳西雅的臉色轉為不安，維賽爾揚起眉毛。

「……難道她是為了讓帝國軍逃跑才故意當人質？」

「不能繼續讓你為所欲為了，維賽爾哥哥……我也是、姊姊也是！」

她一邊發抖一邊挺身站出來的身影，讓所有人面面相覷。要上前制伏那麼嬌小的身軀應該非常容易，然而她卻散發出讓人無法採取行動的強大氣勢。

「我知道了，就由帝國軍來當使者吧。維賽爾皇兄，可以吧？」

「陛下！」

大概是聽聞找到芙莉達的消息而來，哈迪斯從走廊深處現身。

芙莉達圓滾滾的眼睛睜得非常大，看起來很害怕地緊緊抱住玩偶。

吉兒忍不住看向哈迪斯的側臉，在她的眼中卻看見了非常溫柔的眼神。像是個哥哥又像是個弟弟般慈愛的眼神。

「哈迪斯，進行交涉不是個好辦法，立刻進行追擊……」

「這是皇帝命令。」

維賽爾目瞪口呆，芙莉達也眨著眼睛。哈迪斯稍稍歪著頭對芙莉達微笑道：

「果然是兄妹啊，妳就像里斯提亞德皇兄一樣。」

芙莉達第一次抬頭正眼看向哈迪斯。

——立刻傳來了不必受斐亞拉特軍追捕的帝國軍，把娜塔莉第二皇女帶離帝都的消息。

第三章 ⚜ 代號「麵包店」

房間主人不在的空間相當閒散。直到不久前都還因為一頭幼龍四處打轉而熱鬧不已的空間，更讓人覺得過於空曠。再加上無事可做就更加無聊了。

齊克無可奈何地保養自己的劍，從他的背後傳來的，是不知道第幾次的抱怨。

「不覺得自從回到帝都之後，我們好像一點用也沒有嗎？」

聲音主人是在房間角落面對牆壁抱著雙腿而坐的卡米拉。那副陰沉又讓人心煩的樣子，讓齊克嘆氣。

「這也是沒辦法的啊，隊長現在又不好隨意行動，畢竟事關政治事件啊。」

皇帝陛下的私人房間裡，現在除了卡米拉以外沒有別人在，齊克光明正大地坐在正中央磨著大劍。這可能犯了不敬之罪，但正好皇帝陛下最近都不會回來，會回來的只有齊克與卡米拉敬重的嬌小隊長、啟動後能炸掉整座森林的熊玩偶，以及利用踢岩石來訓練自己腿力的雞而已。

「話是那麼說沒錯啦……連護衛吉兒都不能做，到底是什麼狀況……」

「想抱怨就去找那位叫做維賽爾的皇太子抱怨吧。」

現在運作拉維帝國的人是維賽爾，以及他從斐亞拉特帶回來的人才。至今一直支援皇帝哈迪斯政務的里斯提亞德第二皇子為了澄清自己並未參與萊勒薩茨公爵反叛的嫌疑而離開了帝都，艾琳西雅第一皇女也隨著帝國軍的重新編制，解除了軍務卿的職務。而皇帝似乎不想干涉皇太子。

如此一來，政治與軍務都由皇太子一人大展身手。留在帝國的帝國軍被當成逆賊追捕，由原本的斐亞拉特軍稱為帝國軍。

齊克與卡米拉之前雖然認為假皇帝騷動後留在帝都的帝國軍，都是些哪裡也去不成而剩下來的烏合之眾，因此對他們沒什麼好印象。即便如此，他們仍認為維賽爾這種做法問題相當大，也看不慣那些突然出現還自稱是帝國軍，一副很了不起的傢伙。

不過要說自己能做些什麼，還真什麼也做不了。

這輩子可能從沒握過武器的公主挺身幫助帝國軍逃離，還抱著玩偶不放的孩子也站出來阻止皇太子專斷，自己明明有武器能戰鬥，卻沒有一件能做的事，這可是最大的屈辱。

「……也是，我們只是小兵小卒，面對有權力有財富又有後盾的皇太子殿下，根本什麼也不能做。而且他還是皇帝陛下的哥哥，腦袋又聰明，蠻力根本派不上用場呀。只要政治上運作得順利，就能獲得資金，假設現在拉迪亞興起叛亂，也有新的帝國軍能對抗他們。大家會喊皇太子殿下萬萬歲也是沒辦法的事啊……」

不知何時走過來的卡米拉，靠在齊克背上坐了下來。齊克雖然覺得很重而皺眉，並沒有對此抱怨，反倒低喃道：

「那傢伙，當初沒殺掉而是讓他回到克雷托斯，早知道應該先拉他成為盟友的。」

「啊～就是說呀，那孩子呀。他在這種時候應該幫得上忙呢。不知道過得好不好？」

「如果他能耍些小聰明，設計這裡的皇太子就好了。」

真是樂觀的期望。但這讓卡米拉稍微笑了。

「他們自己互相鬥嗎？那樣很好呢，僵持不下的鬥智。」

「不過，我們也只能做我們能做的事了。畢竟和那傢伙不同。」

「……說得也是。啊～討厭，居然被熊男鼓勵，我的人生要完蛋了呀。」

「再這樣下去我就要揍人了。還有，你很重。」

「真失禮。但說得也是，畢竟一開始就知道會很辛苦了。」

龍妃的出身是長年征戰的克雷托斯王國，而他們是她的騎士。而且龍帝又以被詛咒聞名，沒有可靠的後盾與基礎。早就明白抱持不上不下的心態，事情不會有進展了。

「好了，不想了～我不要再想下去了。全都要怪那個長得太帥的皇太子啦。」

「還是誇了他長相啊……」

「那長相有神祕感很讓人喜歡啊。我猜他私底下是病懨懨的那種類型，可能因為過得很辛苦而性格扭曲，所以我們才會被他逼到這個地步。」

「龍妃的騎士在嗎？」

聽到那種叫法就知道是自己人。齊克抬起頭，前方的門打開了。卡米拉站起來。

「哎呀，原來是艾琳西雅皇女殿下呀。」

「我記得你叫卡米拉吧。還有齊克，上次沒有吉兒在場跟你見到面，大概是你當龍騎士學徒的時候了吧。」

曾有一段時間，齊克跟著吉兒一起隸屬於艾琳西雅皇女擔任團長的諾以特拉爾龍騎士團。畢竟有從她那裡領過薪水的恩惠，於是齊克點了頭致意。

「吉兒呢？她出門了啊？」

「就是呀，她說擔心芙莉達皇女所以過去了。不過現在因為沒有龍妃，所以我們就是不應該存在的騎士了呢，連要去護衛都不能跟～」

這名擁有武將氣質、性格爽朗的皇女，對於沒大沒小的卡米拉或性格不討喜的齊克一點也不介意，笑著說：

「這樣啊，那麼你們能陪陪我嗎？」

「與我們有所牽扯沒問題嗎？」

「再怎麼說我也是皇女，而且將軍這個職稱還在。放著你們在這裡不管太浪費了，這點小事會有辦法通融的。不稍微有點反抗可不行。」

「怎麼了？艾琳西雅殿下居然不想順從上面的意思。」

雖然卡米拉直接反問相當不敬，但齊克的心裡也認同他說的。這位皇女向來都是避免紛爭，以保守的方式思考才對，也能說很重感情，所以很受到大家信任。

「畢竟看到弟弟妹妹們那麼努力，我身為姊姊可不能輸呀。」

微微低著頭的艾琳西雅可能也和齊克他們一樣懷著不甘的心情。

不，她應該比齊克他們更不甘吧。這個人可是皇女，不但擁有戰鬥能力，更重要的是她可是個姊姊。

「話雖如此，我並沒有想到任何可以打破現狀的對策，只是應該能夠做些準備。如何？要來幫我嗎？」

「啊～我很喜歡這種決心，忍不住就會幫忙！」

「不過不能給隊長添麻煩。」

「那是當然的。能夠準備周全，沒問題……才對。」

真希望她語尾的語氣不要減弱。只不過，因為明白艾琳西雅並非適合耍小聰明或到處斡旋的性格，只能故意假裝沒發現這件事。否則事情無法開始。

「那麼，具體而言要做什麼呢？」

「對了，你們聽我說。吉兒不是打倒了八百名斐亞拉特的步兵嗎？即便只有現在的魔力，她說她獨自打倒一千人不是問題。」

似乎有種不祥的預感，但艾琳西雅的眼神正閃閃發亮。

「我的龍騎士團現在只有三十人左右，但都是菁英。由我指揮，羅薩也發揮真本事，就能打倒兩千人。現在，帝城裡長駐的斐亞拉特士兵有五千人，帝都外面則有維賽爾僱用的傭兵五千人待命。挾持娜塔莉為人質逃走的帝國軍有三百人，而聽說潛伏在拉迪亞裡的前帝國軍有大約三千人。克雷托斯軍的人數還在等待回報中，不過最多也是五千人左右吧。」

「……艾琳西雅殿下，妳想說的是什麼？」

「我粗略計算過，一次要交手的敵人數量最多是一萬人。而我們這裡有吉兒可以打一千人、龍騎士團和我兩千人，這樣就三千人了。」

以一個人對付一千人來計算實在太奇怪，反而無法吐槽。

「接著就是吉兒很看重的你們了。」

然而艾琳西雅是認真的。

「如果你們倆也能以一擋千，我們就能對付五千人了。這樣即便對手有一萬人也能應戰。」

「這樣也還是有兩倍的差異，妳是怎麼計算才覺得沒問題！」

「我當然也會加強我的實力！那樣說不定就能夠彌補戰力差距了。」

「……艾、艾琳西雅殿下，莫非妳的思考邏輯和吉兒是一樣的……」

卡米拉感到寒毛直豎，齊克的背上也冒出冷汗。艾琳西雅卻豪邁地笑了。

「怎麼？我當然不會毫無計畫地就要你們打倒千名敵兵啊。」

「但從妳剛剛的計算看起來是毫無計畫呀！」

「要使用龍啊，你們要快點學會駕馭龍，就這麼決定了。」

被稱為菁英的諾以特拉爾龍騎士團團長這一句話，卡米拉與齊克嚇得連臉頰都顫慄地發抖，想著果然還是需要那個性格頑劣的狸貓軍師。

一陣惡寒襲來。勞倫斯・馬頓抖了一下，不禁看向四周。

「怎麼？感冒了嗎？應該不是從拉維帝國帶回來的吧？」

正在他眼前的辦公桌上處理文件的克雷托斯王太子傑拉爾德・迪亞・克雷托斯簡短地詢問。

勞倫斯不是很確定地歪了歪頭。

「畢竟那時在森林裡到處跑嘛……可能是累積的疲勞現在才出現。」

「那在惡化前去休息，幸好現在沒有緊急的事情。只有在等待拉迪亞的事回報而已。」

優秀的王太子也能適時關心部下狀況。但很可惜，現實並沒有那麼輕鬆。

「很遺憾，我沒辦法那麼做。因為聽說南國王正前往那個拉迪亞觀光。」

傑拉爾德皺起眉頭，將手肘靠在桌上。

「什麼時候的事……龍妃的事傳到他的耳裡了嗎？」

「應該是吧。不過目前在拉迪亞發起內亂的計畫很順利，因為現在領導拉維帝國的人是維賽爾皇太子，只要能以叛亂的名義製造紛爭，他應該就會收拾對龍帝刀刃相向的帝國軍。即使那禽獸多少會暴走，只要在戰火正熱就能不知不覺地蒙混過去，而那禽獸最喜歡凌虐活著的人了。他對神器應該沒有興趣，假天劍也歸還了，不會妨礙我們才是。放著不管大概沒問題……」

「怎麼？你居然會吞吞吐吐的。是擔心鬧得太過分可能造成開戰嗎？」

「關於這件事，不確定的因素太多了……無法預估玩偶和雞的戰鬥能力……」

不禁低聲呢喃的勞倫斯，讓傑拉爾德皺了眉。

「玩偶和雞？」

「沒有沒有，最大的擔憂是逃走的魚太大條，我在思考該怎麼辦才好。」

「……吉兒．薩威爾啊。」

傑拉爾德眉間的皺紋變得更深了。因為這位王子總是露出為難的表情，眉間的皺紋看來似乎會在某天起深深刻在上面。明明才十五歲，真讓人於心不忍。

「是的，她是絕對站在龍帝那邊的戰力。日前格奧爾格大公引起的騷動中，澈底保護龍帝的也是她。龍帝本人的魔力儘管有一半受到封印，他還有天劍。即使是現在，如果他們有意願，兩個人要從皇太子領導的帝都逃出來應該也不成問題……」

「就算逃出來，資金和軍力也不會出現。如果盡全力讓人吐出資源又是另一回事就是了。」

「她的弱點是無法使用力量進行澈底的控制，簡單說就是無法執行恐怖政治。而受到龍妃殿下的影響，連龍帝也不那麼做，這對我們而言倒是件值得高興的事，只不過那個龍妃非常強呢……我真不懂為什麼像您這種條件的王子殿下卻被她逃走了呢？她非常討厭您耶。」

聽到夾雜抱怨的詢問，傑拉爾德回瞪了他一眼。

「誰知道，我什麼也沒做。只是朝著締結婚約順利地進行而已。」

「也就是您自己沒有印象，說不定那就是問題所在。」

「我跟她可是連話都沒正式說過啊！我才想知道原因呢！」

他難得的怒吼，讓勞倫斯驚訝地眨了眨眼。這個王子殿下說不定意外地非常介意自己遭到討厭這件事。

（真是罪孽深重的孩子，不但受到龍帝寵愛，還被王太子追求？不，這是地獄啊。）

如果是一般人的意志力應該受不了。趁還沒惹主人更不高興之前，勞倫斯拉回話題。

「但是如果那個禽獸——南國王真的前往拉迪亞，和龍帝、龍妃起了衝突反倒對我們有利，畢竟雙方都是我們的敵人，可以削減雙方的戰力。」

「龍妃的神器要怎麼辦？它已顯現於拉迪亞的神殿的情報可信度很高，不過拉迪亞的輔佐官應該沒有獨自將它帶出來的能力。他可是個來哭著求我們派出軍隊引開前帝國兵的注意力，想趁混亂時把神器帶出來的笨蛋。而果然不出所料，這個動作受到萊勒薩茨公爵懷疑了。」

「那個輔佐官真的是個既無能又愛見風轉舵的人，實在無法信任。格奧爾格對他應該也煞費苦心吧，我能明白他為什麼要對仰慕自己的士兵們留下遺言。」

拉迪亞的輔佐官是勞倫斯在諾以特拉爾龍騎士團當學徒時，談好以「若格奧爾格戰敗便啟用他」為條件而任用的，並不是個有用的人才。傑拉爾德深深地嘆了一口氣。

「如果可以，我不希望龍妃的神器交到龍妃手上……就算是為了減輕菲莉絲的負擔也好。」

菲莉絲王女從拉維帝國回來已經過了一段時間，仍然持續臥床無法起身。因為取回聖槍而讓女神的魔力逐漸恢復，反而折磨著她。

「我明白。不過傑拉爾德王太子，是否要稍微改變方針呢？」

勞倫斯投以詢問的視線，並且意味深長地微笑著。

「首先，奪回逃走的魚吧。」

傑拉爾德眨了好幾下眼睛。難道他只想著自己已經被拒絕，完全沒有考慮過奪回對方嗎？他這個反應讓勞倫斯也愣住了。

「就算你說要奪回來……要怎麼做？」

「……我反倒因為您意想不到地純情反應嚇一跳呢。原來被甩掉帶給您的打擊那麼大啊？其實您很期待締結婚約呀？」

「不是，才不是那樣——她那種性格，一旦決定的事就不會改變了吧？」

勞倫斯認為自己說得沒錯，但同時決定不指出他轉移話題的事。

「當然了，硬逼只會造成反效果，所以首先要取得她的好感。」

「要怎麼做？」

「照現狀，如果在拉迪亞發生了戰爭，龍帝沒有自己的軍隊，勝率會很低。而且那是內亂，就算打贏了也只是損失國力，一點好處都沒有。而且即便贏了，也不會是多好的局面。」

「——那傢伙既然去了拉迪亞，會將那裡破壞殆盡直到他過癮為止吧。」

勞倫斯對輕蔑地叫親生父親那傢伙的傑拉爾德淺淺一笑。

「所以這次，我們不跟他們敵對並且收手離開，而且要幫助她成為龍妃。之後龍妃如果取得神器，也會變成我們的東西。」

傑拉爾德稍微思考之後，察覺勞倫斯的計策背後的用意而露出驚訝的表情。

「你這人……性格真惡劣呢。」

「很多人這麼說。」

看他笑著回應，傑拉爾德也只能嘆氣。這同時也是同意這策略的意思。

（反正無論事情如何，前提都是那個禽獸有對他們做出什麼行動。）

大家就去努力吧，希望最後會笑的人是我們。

第一次進入芙莉達的房間，裡面充滿許多玩偶，是個非常可愛的房間。奶油色為底色的壁紙上印有花朵圖案，也掛了相同花樣的窗簾。椅腳是貓腳狀的長沙發上擺滿圓形抱枕以及小兔子的玩偶，雖然搭配著緞帶與褶邊，整體的調性協調，完全不減損皇女的氣質。

吉兒帶著稍大的籃子進房，看了一圈後鬆了口氣般吐氣。

「很漂亮的房間呢，還有好多玩偶……」

面對看守出入口嚴肅的士兵而表情僵硬的芙莉達，臉頰稍微和緩下來。

「玩偶是哥哥每次離開帝都時，為了不讓我感到寂寞為我準備的，所以愈來愈多……但是這次……因為太突然了……所以沒準備……」

茶會才剛開始，就不小心踩到地雷。吉兒心裡一驚而愣住了，但隨即想到把她當孩子對待又太失禮，於是決定先喝一口紅茶。在約定好的時間準備好茶並且等著吉兒光臨的芙莉達，看著她喝下後問道：

「妳覺得……好喝嗎……？」

「是，非常好喝！芙莉達皇女殿下，非常感謝您為我準備這場茶會。」

「我才該道謝，謝謝妳願意光臨我的茶會……龍妃殿下。」

雖然芙莉達有所躊躇，仍非常得體地應對，她果然也是皇女。不愧是出面阻止維賽爾的人。

「抱歉，太晚向您自我介紹。我叫做吉兒．薩威爾，與皇帝陛下有結婚約定，來自克雷托斯王國。」

士兵似乎露出不悅的表情，但吉兒無視他繼續說下去。

「我對拉維帝國並不熟悉，應該會有很多地方需要您的照顧，還請多多指教……不對，我得先為之前隱瞞自己的身分這件事向您道歉才對。」

「……沒關係，因為我之前也都裝病……就扯平了。」

「聽到您那麼說，真是太高興了。我很希望能跟陛下的兄弟姊妹融洽相處！而且芙莉達皇女殿下又那麼可愛！」

芙莉達吃驚地眨眨眼後，害羞地低下頭。

「才沒有……那回事……」

「更重要的是，您非常了不起。能夠站出來指責皇太子殿下，我非常佩服。」

芙莉達用力地搖搖頭。

「……真正了不起的是娜塔莉姊姊……只希望她能夠平安無事……」

「放心吧，娜塔莉皇女殿下是重要的人質，大家應該不會魯莽行事。」

「……哥哥的事也是……如果我能做點什麼，該有多好……」

嬌小的她感到心疼的模樣讓吉兒不禁皺起眉頭，但還是擠出笑臉。

「那件事更不會有問題，因為里斯提亞德殿下非常有能力，會很快解決事情，也很快就能回來了。一定也會帶玩偶來給您。」

聽到吉兒那麼說，芙莉達看起來開心地微笑了。吉兒因此想起某件事。

「對了，我還有其他要介紹給芙莉達皇女認識的人……」

她挪開紅茶杯，將帶過來的籃子放到桌面上，接著為了讓芙莉達看見裡面而打開了蓋子。裡面擺著的是正經八百敬禮的蘇堤與哈迪斯熊。

「他們是蘇堤和熊陛下。」

「……是、是雞先生和熊先生……？」

「咕咕！」

蘇堤的回應讓芙莉達嚇得縮了一下身體，不過看起來興致勃勃地直盯著牠看。雖然膽小但好奇心很強。

「雞先生很乖……很聰明呢……」

「因為蘇堤是軍雞。熊陛下則是個戰鬥玩偶喔！他們都是皇帝陛下送給我的重要寶物。」

「皇帝陛下……」

芙莉達垂下眉毛，她大概還是很怕哈迪斯吧。不過吉兒露出笑容。

「沒錯，就是我那個優秀的陛下！請看看這個熊陛下！」

她從籃子裡拿出哈迪斯熊，繞到前方芙莉達的座位。

出入口守衛用害怕的眼神看了過來。大概是因為進來裡面之前的行李檢查，進行蘇堤和哈迪斯熊的檢驗時，被蘇堤踢得七葷八素的關係。

「……真可愛。」

「對吧！」

哈迪斯熊交到芙莉達手上時，她仔細地看著它，然後展露笑容。

「做得非常精緻……」

「就是說啊，這是陛下親手做的。陛下對裁縫非常拿手。」

芙莉達聽了之後，表情彷彿發現未知生物的存在，扭曲到難以形容。

「……陛下……親手做的…………玩、玩偶……皇帝……嗎……？」

最後她似乎因為過度混亂，像是發高燒一樣呢喃著。

「啊，不必勉強自己理解沒關係！請冷靜點。我只是想告訴您，我們一樣而已……！」

「我……我們一樣……？」

「陛下也是不希望我寂寞，所以在來到帝都前把它送給我。就像里斯提亞德殿下送玩偶給芙莉達殿下的心意一樣……陛下雖然在帝城，可是我現在見不到他。」

因為娜塔莉皇女被抓走，拉迪亞又有叛亂的徵兆，使得皇帝的貼身警備加強，哈迪斯從至今一直與吉兒一起度過的宮殿搬到其他地方了。現在無論用餐或寢室都是分開的。即便要加強貼身警備是事實，不過真正的理由應該是維賽爾為了不讓吉兒靠近哈迪斯才那麼做。維賽爾說出「你們還沒有訂下婚約，當然不能在沒有任何理由下睡在同一間寢室」這個完美的常識理論，沒有任何人能反駁。

而哈迪斯意外地沒有反對，只是不安地說「試試看」便接受了。只不過因為他提出「我死也不想讓吉兒在我的宮殿以外的地方過夜」這種莫名的要求，因此吉兒繼續住在哈迪斯的宮殿，由哈迪斯搬出去。

自從那天開始，吉兒就完全沒再見到哈迪斯。躲過警備的監視去見他應該很容易，不過因為沒有急迫性就不那麼做了。何況皇帝若有什麼狀況，一定會傳到吉兒的耳裡，而且也能從艾琳西雅那裡聽到哈迪斯很好的消息。

加上拉維也沒過來找她，可見哈迪斯一定有什麼考量。哈迪斯之前已經預告過會沒有時間見面，某種程度上，這是按照哈迪斯預定的發展。

只不過，吉兒沒想到會那麼澈底地見不到面，所以忍不住說出心裡的實話。

「雖然這麼說可能很任性，但比起玩偶，更希望本人能在身邊呢。所以芙莉達殿下和我是一樣的。」

應該是從皇帝親手做熊玩偶的驚恐中重新振作起來了，芙莉達怯生生地問道：

「……因、因為……妳、妳喜歡陛下……？」

不經意地想了這個問題後，吉兒雙手放到臉頰上。等自己發覺時，臉頰已經變得很燙。

「這、這是祕密啦。因為陛下只要看到我甜蜜的表情，都會立刻得意忘形……！」

可能是受這股害臊的心情傳染，芙莉達也紅著臉不斷點頭。

「我也是，但要對里斯提亞德哥哥保密……要、要不然我會被他當成小孩子。」

「啊，那也跟我一樣！我們有好多共通點呢。」

芙莉達開心地笑了，並緊緊抱住哈迪斯熊。這隻熊真適合她。吉兒放心下來，說出來到這裡的目的。

「如果可以，在里斯提亞德殿下回來之前，就由芙莉達殿下留著熊陛下吧？」

「咦……但是……這是對龍妃殿下很重要的……」

「叫我吉兒就可以喔。熊陛下一定可以幫忙保護芙莉達殿下。因為我現在也不方便行動……不這麼做就沒有其他方式能保護您了。」

畢竟她曾正面與維賽爾衝突，若有個萬一，芙莉達身為里斯提亞德的人質，恐怕會受到不留情的懲處。正因為接下來不知道會發生什麼事，所以打算事先交給她護身符。

「如果可以，就連蘇堤一起留著。因為熊陛下和蘇堤總是在一起。」

芙莉達稍微沉思之後，抬起臉看著出入口的士兵。

「你退下，這是皇女命令。」

「我不能這麼做……」

「……你叫什麼名字？是哪裡的人？請告訴我。」

看守的士兵對皇女的提問感到膽怯，這下勝負就分出來了。為了保持看守的形式，士兵稍微開著門到走廊去了。維賽爾的命令只說要看著吉兒她們有什麼行動，所以應該沒有那麼嚴格。

然而只是那麼做就能不使用拳頭屏退別人，皇女的手腕令人驚豔。

「芙莉達殿下好厲害呀……！」

「我、我還差得遠了……因為娜塔莉姊姊或艾琳西雅姊姊都更厲害……里斯提亞德哥哥也是……那個……妳聽我說，吉兒姊姊。」

吉兒姊姊。

真是具有破壞力的稱呼，吉兒瞬間呆住了，但立刻恢復理智。

「什、什麼事？」

「有件事得向妳道歉……是羅的事……」

聽到那個名字，吉兒也無法隱藏自己的慌張。

芙莉達垂下了頭，小聲地繼續說：

「娜塔莉姊姊原本打算把羅交給我……她說『這孩子是王，帶牠到安全的地方去』……」

吉兒倒抽一口氣。原來娜塔莉發現羅是金眼黑龍，是龍王了？彷彿在肯定吉兒的疑問似的，芙莉達點了點頭。

「因為我完全沒發現……嚇了一跳……所以脫口而出……叫娜塔莉姊姊帶著牠……希、希望這樣有龍神拉維大人的護佑……因、因為……我很擔心……」

她顫抖的聲音與嬌小的背影，讓吉兒趕忙靠了過去。

「芙莉達皇女殿下。」

「我、我想可能會被哥哥罵……但是、但是……早知道會讓姊姊……變成一個人，我不知道會那樣，所以躲在置物間……娜塔莉姊姊沒有錯……都是我不好……！對不起……！」

她緊閉著眼睛，一定是為了不想流出眼淚吧。看著發抖等待斥責的小皇女，吉兒靜靜地問：

「娜塔莉皇女帶走羅的時候，牠有表現得不願意嗎？」

芙莉達張開眼，用力地搖搖頭。

「牠……很安分……」

「那我認為是那孩子自己決定跟著她的。」

牠是個逃得很快的孩子，即使不會飛，只要真的不願意，一定會想辦法逃跑吧。因為牠是哈迪斯的心靈。

「所以放心吧，那孩子會保護娜塔莉皇女，因為牠可是王呢。」

芙莉達的眼中交織著不安與期待，吉兒強而有力地點點頭回應她。芙莉達輕輕吸了吸鼻子後呢喃道：

「……那個……就是……哥哥……也會那麼認為嗎……？」

「里斯提亞德殿下嗎？那肯定會的。」

芙莉達用力地搖搖頭，眼神往上看向吉兒重新問道：

「……我是想問……哈迪斯哥哥會不會生氣……」

哈迪斯哥哥——這稱呼比吉兒姊姊更有力地貫穿了心房。

「他才不會生氣呢！」

吉兒堅定地抓住芙莉達的雙肩。

「下次！一定！請在他本人面前這樣叫他！餅乾隨您吃！」

「餅、餅乾……？」

「會面時間結束了，芙莉達大人。」

入口處傳來的沉穩聲音，讓芙莉達全身僵硬。吉兒轉過身，看見維賽爾輕輕地笑著。

「吉兒．薩威爾小姐，回房間吧。」

芙莉達緊緊抓住吉兒的袖子，不過吉兒對她露出微笑並鬆開她的手。

「沒有問題的，芙莉達殿下。蘇堤和熊陛下就拜託照顧了。」

芙莉達不安地看向吉兒的眼睛，不過還是抱著哈迪斯熊點了點頭。稍微看了桌上一眼，蘇堤彷彿在對她說著「交給我」似的挺著胸膛。

在門口看著這一幕的維賽爾聳了聳肩。
「玩偶也就罷了，雞也是禮物？克雷托斯的戰鬥民族真會做些讓人搞不懂的事。」
「這在會面前就已經徵求您的同意，有什麼問題嗎？」
「只要妳乖乖回到房間，就一點問題也沒有。」
維賽爾帶著不知在想些什麼的笑容如此回答，便關上了芙莉達房間的門。

「看來妳和芙莉達殿下感情變好了呢，雖然早就預測到了。」
來到走廊後，看守的士兵留在芙莉達的房間前，維賽爾走在吉兒前面引路，看來是打算送她回到房間。
「難道您打算說我在哄騙芙莉達殿下嗎？」
「我和那支家系的人很不合，而妳和我也很不合。既然如此，才會預測妳們一定會處得很融洽，只是這樣而已。」
這表示他想說的是，同樣和自己處得不好的人們勾結在一起是意料之內的事。這種迂迴的說話方式讓吉兒皺起臉，忍不住說出實話。
「……不能說得更簡單一點嗎？」
「啊，對戰鬥民族而言太難懂了嗎？我明明對這種宮廷式的表達挺有自信的。」
這傢伙每句話都讓人火大。吉兒決定順從這個內心瞬間升起的情感。

「原來如此啊！在宮廷待久了，連性格都扭曲了呢！」
「我該說很高興妳能了解吧？」
「不過就算在宮廷裡，還是有人坦率地長大呢！例如里斯提亞德殿下！」
「就是啊，哈迪斯是在邊境長大的，但也是性格扭曲呢。」
「陛下很坦率啊！」
「扭曲得很坦率喔。」
莫名地無法反駁，吉兒只能閉上嘴。維賽爾小聲地笑了。真搞不懂這男人心裡在想什麼，也不懂這種對話究竟哪裡有趣。
「我收到里斯提亞德大人聯絡，他已經順利抵達萊勒薩茨領地。聽說他順路先去諾以特拉爾公爵那裡完成相關的協調，非常善於調配這些優先順序。」
聽到維賽爾又像這樣說出這些事情，吉兒皺起眉頭。
「……為什麼要告訴我這些情報？」
「哈迪斯把妳稱為『妻子』，卻不告訴我妳是怎麼樣的人，所以我只能自己進行確認了。一個人的為人還是要親自確認比較好啊。」
這表示，他想看吉兒的反應。
既然如此，吉兒也有許多想問的事情。不知道是刻意還是本來就如此，維賽爾走路的步調很慢，看來他們要回到哈迪斯的宮殿，還有很多時間慢慢聊。
「和抓走娜塔莉皇女殿下的舊帝國軍交涉狀況如何了？」

「那是皇帝陛下的詔令，當然正式派了使者啊。雖然不知道是否能夠完成交涉。」

「這種狀況下，很難想像對方不願意交涉。」

「只可惜倒未必如此。挾持皇女為人質離開帝都也就罷了，那些人本來就是烏合之眾，恐怕沒有統領的人物，當中似乎已經有許多士兵逃脫，實在很難想像他們內部的想法是統一的。」

「但是娜塔莉殿下在那裡。」

「娜塔莉大人能做的只是『扮演公主殿下』，這和領導士兵們的能力是不同的啊。」

他的言論再正確不過，這下吉兒無語了。維賽爾所說的現況如果是真的，表示舊帝國軍已經開始失去紀律。在那樣的情況下，沒有戰鬥能力的娜塔莉想要在其中安排調度也會有極限。

「逃走的士兵如果前往拉迪亞領地，會變得更麻煩。」

在拉迪亞領地的是原本順從格奧爾格的帝國軍，彼此是舊識，被逼急了而與反皇帝派串通，是極有可能的事。

（結果，全得看還剩下多少擁有保護皇女的氣魄又正派的帝國兵嗎……雖然能夠因此鑑別出士兵的立場。）

只是事關娜塔莉的性命是個大問題。

然後在身為龍王的羅眼中，又會看見什麼樣的光景呢？

「加上娜塔莉大人的親生母親是與斐亞拉特公爵有血緣關係的貴族，事情繼續下去，斐亞拉特公爵可能會利用捨棄皇女殿下這件事來當哈迪斯的把柄，這樣就變得很麻煩。」

聽到維賽爾打從心底感到厭煩的語氣，吉兒不禁問道：

「您不是站在斐亞拉特公爵那邊嗎？」

「我嗎？妳真愛說笑。」

維賽爾對吉兒的疑問嗤之以鼻地笑道：

「我比任何人都站在哈迪斯這邊喔，所以才感到既吃驚又困擾。像是哈迪斯放貝魯侯爵一條生路，也沒有肅清帝國軍讓他們逃跑。那孩子改建貝魯堡為軍港都市的提議也是，他應該也有考慮過為了以後與克雷托斯交戰，可以趁這個機會重新整頓帝國軍。但不知何時轉換了方針。」

「……那是因為如果那麼做，誰都不會站在他這邊，才重新想了方針。」

「說得也是，還有讓妳成為龍妃的事也是。說實話，都這種時候了，真沒想到他現在還會提什麼龍妃。那孩子真是不知何時該放棄。」

雖然聽起來摻雜了苦笑，維賽爾還是沒有回過頭來，所以看不見他的表情。吉兒懷著無法理解的心思，忍不住直接說出自己的感想。

「維賽爾皇太子殿下，我認為您和格奧爾格大人一樣，不認同陛下是龍帝……是這樣嗎？」

吉兒懷疑他是否想自己當皇帝，若非如此，就不會透露情報給克雷托斯。不過對於吉兒的疑惑，維賽爾直接推翻。

「怎麼會呢？哈迪斯是貨真價實的龍帝，所以大家才會疏遠哈迪斯，而假稱自己是皇太子的愚蠢人們才會大批死去。」

「那是女神的——」

「對，那些事並不是哈迪斯的錯，是理所當然的報應。」

維賽爾毫不猶豫又篤定地說道。吉兒閉上了嘴。

「其中的原因，拉維皇族應該比任何人都清楚，所以父親才會落魄地從寶座上跌落下來，向哈迪斯乞求饒命，皇叔才會變成醜陋的怪物。實際上他們明明連拉維皇族都不是，居然還讓龍帝親自動手殲滅。那些人直到最後運氣都很好。」

格奧爾格遭到假天劍吞噬而化身成怪物的事並沒有公開，然而當時不在場的維賽爾卻一點也不隱瞞自己知道事情真相。他認為那只是件小事。

（難道他是為了陛下才與克雷托斯聯手？怎麼會有那麼愚蠢的事……難道是皇太子自己去當雙面間諜，居然有這種事……）

真是讓人不舒服。莫名的不安湧上心頭。

宛如上演著吉兒抗拒的未來——沒錯，維賽爾所說的話，就如同未來一人獨自站立的哈迪斯會說出的話。

「話說回來，拉維皇族的事應該要再隱瞞一陣子，這件事有更好的用途。明明還能夠讓他們更可笑地受操縱……」

「我、我的陛下才不會那麼做！」

彷彿是為了蓋過那個不好的預感，吉兒大聲篤定地說道。

「能夠原諒格奧爾格大人和艾琳西雅殿下的背叛，也接受里斯提亞德殿下他們的事情，正是陛下強大的證據。我就是喜歡那樣的陛下！」

維賽爾回過頭，那雙像是藏在雲中的月亮般的灰暗眼瞳露出笑意。

「即使妳的哈迪斯是那樣的人，我的哈迪斯可不同。」

吉兒反射性地握起拳頭。

「妳真的認為那孩子無論發生什麼事都能夠原諒嗎？若真是如此，妳可是完全錯看他了。」

「您想說的是什麼意思？」

「在那個無藥可救的母親，對哈迪斯喊著『怪物』後自己割喉時，妳認為那可憐的孩子做了什麼事？」

假如說自己不想聽，便是在逃避這件事，所以她停在原地，沒有摀住耳朵。

「他笑了啊。」

維賽爾緩慢地說出吉兒不認識的哈迪斯。

「我不會原諒傷害那個孩子的人。」

「我也不會原諒。」

「但妳告訴那孩子要原諒傷害他的人。」

「沒有錯，因為陛下可以做得到！」

維賽爾似乎瞧不起她般笑著回應：

「我可不想要可愛的弟弟那麼做。看吧，我和妳超級合不來吧。」

再同意不過了。吉兒深呼吸後笑著回答：

「我非常明白了！我很討厭您。」

「太好了，我也討厭妳。妳不配當龍妃。」

看到他用爽朗笑容篤定地那麼說，她的血管幾乎要爆裂了。

（可惡……原本以為只有女神是那種性格，這傢伙也是同類嗎？）

她終於知道心裡感到不舒服的真正原因了。維賽爾的原動力並非來自憎恨，而是愛。

那是絕對不去傷害可憐的哈迪斯的愛。

「你那種讓人火大的說話方式和笑的方式，與陛下非常相似，反而更火大了！」

聽到吉兒如此大喊，維賽爾瞬間愣住了。

「相似？我和哈迪斯嗎？怎麼可能有那種事……」

「維賽爾殿下！要向您報告——」

從走廊遠處小跑步過來的士兵，看到吉兒後閉上嘴。維賽爾轉向士兵的方向。

「無所謂，說吧！」

「是！派去與舊帝國軍進行交涉的使者回來了，但是是屍體。」

吉兒倒抽一口氣。交涉決裂，舊帝國軍完全是逆賊了。

「這樣啊，果然只是浪費時間呢。」

維賽爾語帶嘲諷地說道。吉兒一驚而抬起臉。

「你難道將使者……」

「不要做莫名其妙的懷疑。沒有時間了，立刻準備出兵，前往救出娜塔莉殿下。」

「是。」

「等等！陛下應該沒有允許出兵！」

吉兒喊叫著，維賽爾冷眼望向她。

「沒有允不允許的問題，再這樣下去會演變成哈迪斯捨棄皇女。還是妳打算讓娜塔莉大人繼續留在那裡？」

「這個……」

「反正娜塔莉大人的計策，也只是孩子的小聰明而已。」

話是沒錯。雖然沒錯，但娜塔莉與芙莉達明明打算保護帝國軍，卻因為錯判情勢而結束嗎？什麼都沒做的帝國軍，會成為逆賊告終嗎？

「如果妳無論如何都反對，可以過去救她。但哈迪斯要留在這裡。」

相對地，吉兒會成為袒護逆賊的克雷托斯間諜，在人類世界會失去成為龍妃的資格吧。

（……有一個可以讓我前去救援的權宜之計。只要我能以龍妃的身分前往拉迪亞進行鎮壓，在途中**碰巧**經過那裡就可以了。不過現在的情況，要留下陛下自己離開……）

這是挑釁，不能上當。當吉兒正準備搖頭時，還站在原地的士兵以膽怯的聲音說道：

「那個……就是關於那位皇帝陛下……」

「怎麼了？他如果反對出兵，就由我去說服。」

「他、他不知去向了。」

「「什麼？」」

吉兒與維賽爾異口同聲。士兵感到恐懼，聲音微弱地繼續報告。

「那個，有找到他留下的字條。」

「寫什麼？」

「上面寫了『我去拉迪亞的麵包店學藝』！至於這是什麼暗號，目前正在分析！」

應該不是。愣住的維賽爾先回過神來。

「立刻追過去！派出緊急使者的龍不眠不休的飛行，這樣明天就會抵達拉迪亞了！」

「但、但是龍現在完全無法使用，雖然打算抓住，牠們卻四處逃……！」

哈迪斯為了不讓自己那麼輕易被追上而命令龍那麼做吧。龍帝是辦得到的。

吉兒「噗」地揚起嘴角，維賽爾轉向她。

「事情太奇怪了，難道妳知道什麼——」

「沒有，我什麼都沒聽說喔。沒錯，什麼都沒聽說。因為我可是認為陛下只要待在安全的地方做料理等我回來就可以的人。他是個獎賞。」

「獎、獎賞？」

「陛下是只要我折斷女神就能夠獲得的獎賞。結果他現在跑到反皇帝派軍隊集結的領地去麵包店學藝？——這是怎麼回事？」

大概是輸給吉兒的氣勢，維賽爾緊閉著嘴。

「我可是為了成為龍妃，乖乖待在這裡拚命忍耐著，他居然……」

這就是龍帝的做法啊，非常清楚了。

事情變成這樣，讓她開始想笑。吉兒握著拳頭，魔力自動聚集到腳下跑了起來。

「我要用繩子綁住他的脖子把他帶回來，那個笨蛋丈夫————！」

帝都的方向瞬間直衝而上的魔力柱，使哈迪斯縮了縮脖子。大概是感應到了什麼，連他乘坐的綠龍都向逃命般拚命拍起翅膀。

「我可不管喔。」

連龍神都出現膽怯的語氣。哈迪斯一邊咬著麵包，一邊對肩上的龍神笑著。

「不過很開心吧？能和妻子玩追逐遊戲。」

「能變成追逐遊戲嗎？你都讓龍不能用了。」

「只有在帝城的龍而已，只要好好想過計策就會明白。吉兒很聰明，一定會追來找我的。」

「你現在說的話會害自己減壽喔……」

拉維「唉」地嘆了口氣，伸出脖子咬下哈迪斯吃一半的麵包。

「真好吃，是新口味？」

「對，這樣能開麵包店嗎？」

「啊～應該可以吧～嗯，加油喔。你想幹嘛我都無所謂了。」

「什麼嘛，居然說那麼沒幹勁的話。接下來會很辛苦喔，開麵包店都要很早起，這點我是知道的。」

「比起麵包店，還是先做好不會被追過來的妻子殺掉的準備比較好。」

「我留下的紙條果然應該要寫『給吉兒，我愛妳』比較好嗎？可、可是那樣會被大家看到，太丟臉了。」

「沒那麼寫才是對的，否則這個狀況下只會惹她更生氣——喂，你看那裡。」

扭過頭的拉維用眼神示意著下方，哈迪斯瞇起眼睛。看到藏身在距離帝都不遠處的岩石陰影下有士兵身影。

那些應該是以娜塔莉為人質逃出去的士兵。

（……少了很多人呢。）

那當中應該也有以皇女為人質，趁維賽爾無法對他們出手時逃脫的人。不知道留下的人是因為無法行動，還是為了保護不惜成為人質也要讓他們逃走的娜塔莉。只能祈禱是後者。

「不用去救他們嗎？」

「我去救他們沒有意義，而且羅也在，他們應該有受到龍的護佑。再說不需要不明白事態又沒有膽識的帝國軍。只要再忍一下就好。」

「小姑娘很快就會去救他們了？」

「對，會派出救援拉迪亞的軍隊，吉兒很溫柔的。」

要打破現狀最好的方法，就是讓吉兒以龍妃的身分到拉迪亞鎮壓叛亂。吉兒也一定察覺到這點了，然而維賽爾不會發出那道命令，所以擁有軍人特質的吉兒，只要在沒有命令之下，就不會選擇留下最重要的哈迪斯離開帝都。

「只要我離開帝都，吉兒就能行動了。因為讓吉兒無法行動最大的理由就是我。」

一想到這裡，便感到全身起雞皮疙瘩，接著身體抖了一下。呼出燥熱鼻息的哈迪斯陶醉地呢喃道：

「那個強大又帥氣的吉兒，居然因為我被束縛住……怎麼說呢？有種起雞皮疙瘩的感覺……是感冒嗎？我得小心點。」

「啊——是名為變態的感冒啊。等小姑娘再長大點就會變成誤診了，以前也曾經有相信這種說法的時候。」

「祢那麼說好像我是變態一樣。再說我可不想成為吉兒絆手絆腳的原因，就是喜歡看到自由又帥氣的吉兒。」

他就是因此才離開帝都，為了看到吉兒自由在空中翱翔成為龍妃的身影。

「皇兄一定也會在看到那樣的吉兒後改變心意的。」

正因為明白吉兒有多棘手，哥哥才使出吉兒無法行動的計策。策略的部分那個哥哥比吉兒拿手，所以吉兒不拿手的部分由哈迪斯來彌補就可以了。

「另外，我最近發現……比起束縛人，我更喜歡被束縛。」

「住嘴，你愈說愈不妙了。」

「禮儀端正的好男人就是那樣吧，不過，我可不會隨便被綁住。」

拉維把臉埋進行李袋中，擅自拿出麵包啃了起來。

「小姑娘也是個怪人，所以你們應該很登對啦。」

「就是說呀！我和吉兒很登對！理想的夫妻一起打造幸福家庭計畫！」

「你感到幸福當然最好了……話說回來，很久沒有只有我們兩人獨處了。」

哈迪斯從拉維手上奪回一半的麵包後眨眨眼說道：

「這麼說來，最近一直都有其他人在旁邊啊。對耶，只有我們兩人……感覺真奇怪。」

「這也是件好事啊。只是要注意魔力，因為天劍也還只能使出一半的威力而已，和女神有關的事就別迎戰。雖然我認為她不會在那裡，畢竟那裡是拉迪亞呢……」

「就算在，也不得不應戰，現在是個好時機。」

繞在他脖子上的拉維，眼神充滿訝異，但哈迪斯看著前方。

「既然要做就做到好，我要讓吉兒成為龍妃。」

該做的事有幫助吉兒建功，以及讓她拿到神器。

拉維感到全身無力，身體從他的脖子上垂掛下來。

「我說你啊，不管是想法還是做法都太極端了啦……」

「我想這樣一定就是吉兒口中所說的那個『帥氣的我』喔。」

因為說了類似「應該不是」之類的失禮回應，哈迪斯把那個無法理解愛，代表真理的龍神扔到了藍天之中。

第四章 ⚜ 爆發龍帝追擊戰

不知該說幸或不幸，逃出去的帝國兵中負傷者不多，但是精神上的負擔可能快到極限了。忽然之間遭認定成逆賊，在沒有任何實質或心理上的準備之下就逃了出來。離開帝都找到藏身之處時的安心，到了現在轉變成幾十倍的不安襲捲而來。

他們既沒有龍也沒有馬，沒有逃跑的手段。

即使沒有人攻擊他們，也沒有使者前來交涉的跡象。

如此一來，就只是一直維持將娜塔莉挾為人質的緊張狀態而已。就算士兵們比一般人有所鍛鍊，仍會出現精神上的疲憊。

將軍是愚蠢之人，又沒有像隊長的領導角色也很不妙。一開始還有三百人左右，大家開始認為獨自逃走比較好之後，消失的人就愈來愈多，現在剩下的人數甚至不滿百人了。

這是一個雖然好帶領，但一旦遭到攻打便會瞬間消滅的人數。

「振作點，水給你。」

娜塔莉早就脫下高跟鞋扔掉，正穿著寬鬆的皮鞋拿水給大家，一個個給予鼓勵。

「非常感謝，娜塔莉皇女……」

「非常抱歉，牽連了您。」

「就是呀，所以你們要打起精神來。如果交涉的人來了，氣勢那麼弱會輸的！」

大家雖然都用笑容回應娜塔莉，但那些笑臉日漸衰弱。其中應該也有人心裡已經覺得沒有希望了吧。

不過，在因無計可施被殺之前，只是希望有個可以支撐自己的事物。

說出那番話的娜塔莉本人，其實也快被不安壓垮了。但是她不能表現出來，畢竟自己化成灰都還是皇女。

——回想起來，遭受斐亞拉特兵襲擊逃跑的前方，居然與混亂的帝國兵相遇，真是太不走運了。她知道維賽爾皇太子為了掌控宮廷，想要取代帝國軍。原本應該也打算阻止維賽爾吧。

然而最重要的是，她把不能利用就遭切割的帝國兵跟自己重疊在一起了。

（我可真傻啊。）

總之他們先把娜塔莉當作人質帶出帝都，然而在那之後才是問題的起點。要做任何決定與能下決定的人，只有娜塔莉而已。

若說娜塔莉明白了什麼事，那就是維賽爾皇太子比有戀童癖的皇帝更討人厭。從士兵們爭論時不小心聽到的對話中，了解到拉迪亞領地是追隨皇叔的士兵們潛伏的地方，因此害剩下的帝國兵被當成逆賊。

（怎麼樣是正確的判斷？做了這種事，拉維皇族又會怎麼想呢？）

但在現實面前，那些驕傲都無用武之地。

自己究竟能做些什麼？她連該如何幫助這裡的士兵都不曉得。

難道能存活到最後的人，連一個也沒有嗎？

「啾。」

娜塔莉低下頭，看向腳邊傳來的聲音。站在那裡的，是那個性格安靜的芙莉達堅持叫她帶走的幼龍。牠的前腳向她遞出不知在哪裡找到的樹木果實。

「謝謝你，羅……」

「啾。」

可能是看到拿水給大家的娜塔莉而學起來的，羅只要在其他地方找到樹木果實或糧食就會到處分送。士兵看了都會露出微笑。帝國兵與龍騎士團雖然不同，但篩選條件中有要求能騎乘龍。守護幼龍應該會讓帝國兵想起自身的榮耀。

若要說有什麼幸運之處，那就是多虧羅，才能夠勉強維持住這種充滿絕望的狀況了。

娜塔莉他們所潛伏的岩石陰影處，是接近龍巢穴的危險地帶，然而龍卻沒有攻擊他們，羅甚至還不斷找來樹木的果實與食物。沒有因為缺水而煩惱，也是因為羅發現了水窪。即使偶爾會有龍去喝水，但對人類也僅止於瞥上一眼。

一頭擁有金眼和奇妙紋路的幼龍。

在這幾天當中，經歷風吹雨淋讓鱗片的顏色慢慢地恢復。

或許是擔心若說出牠的真實身分就會失去護佑，所以誰也沒有提及這件事。

但是，大家一定都開始察覺了。

（是龍王，金眼的黑龍。）

每當想起這件事，娜塔莉就會想起那個嬌小的少女。

原以為龍妃是個可憐的人，被莫名其妙的皇帝盯上，然後帶到異國來。然而，娜塔莉在不知情下接觸到的龍妃，年紀雖小卻很可靠。沒錯，還有在金眼的黑龍身上塗顏料的膽識。

她泛起笑意，差點就要失去力量的腳步也有了力氣。

「我問你，羅，知道哪裡可以釣魚嗎？」

「啾？」

搬完樹木果實的羅轉過頭沉思起來，在牠身邊有點年紀的士兵笑了。他是多次向娜塔莉道歉的士兵。

「釣魚不錯呢。樹木果實也很好，但烤魚又是另一番滋味。」

「要不然也去狩獵吧，可以稍微分散一些注意力——」

「糟、糟糕了！有軍隊朝這裡過來！從帝都來的！」

用望遠鏡監視周圍的士兵，從山丘上彷彿跌落般一路衝下來。他那麼一喊，讓稍微放鬆的氣氛瞬間緊繃。

「是朝這邊過來嗎？不是出兵前往拉迪亞？」

「不是應該派使者過來嗎？」

「人數有多少？有派出龍嗎？如果四周被龍從上空都燒遍就完了。」

「都、都是騎兵和步兵，沒有龍！但有一萬人……！抵、抵達這裡應該要花半天以上……」

「即使是這樣我們還是完了！」

「可惡，都是因為在這裡等待交涉！」
「安靜！」
剛剛為止還聊著釣魚話題的其中一名士兵大聲地喊道。
「我們保護娜塔莉皇女，看能夠逃多遠就逃多遠。只能這麼做了。」
四周因為人心動搖而騷動起來。
「別開玩笑了！事情到這地步，皇女只會變成包袱！」
「我、我要自己逃走！集體行動比較容易變成目標！我不管了！」
「等等啊，要是在這裡拋下娜塔莉皇女殿下，我們不就真的變成逆賊了！」
「她可是救了我們啊，太不知恩了！」
「要怎麼說都可以，又沒人拜託她救我們！」
「就算沒救我們，還是會全都被當逆賊！要盡忠義也要看情況，維賽爾皇太子盯上我們時，就已經玩完了啊！」
娜塔莉對於擴大的騷動無計可施，只能緊咬嘴唇。大家認為出現這場混亂的原因是自己，她無法反駁。羅在這時出現在娜塔莉的腳邊，就在抱起牠時，有人說道：
「是不是應該把娜塔莉皇女殿下交出去啊？」
究竟是誰說的呢？從人群某處拋出的那句話，讓四周重新安靜了下來。
接著，丟下的那顆惡意的小石子，如漣漪般擴散開來。
「對了，我們是被娜塔莉皇女欺騙，不如就對維賽爾皇太子這樣陳情吧？」

「別說傻話了！我們可是多虧娜塔莉殿下才能逃到這裡啊！」

「應該要交出去的不只有娜塔莉殿下，還有那頭龍！」

所有人的眼光一起往這邊看過來。

「那頭龍絕對不是一般的龍吧……」

「就、就是啊……牠、牠是黑龍吧？金眼的黑龍。」

「笨蛋！別說這種失敬的話，假如失去護佑……」

「就、就拿牠來當盾牌——牠是龍王，就算是維賽爾皇太子也不能攻擊！」

完全展露的惡意讓人變得無法順暢呼吸。低下頭後，她看見懷中的羅。

羅以無趣的眼神看著這場騷動。

似乎在說著：「人性就是這樣啊。」

那眼神簡直就是皇帝看著人們爭執的樣子，令人顫慄。會遭到拋棄，然後失去一切。

由身為拉維皇族的自己放棄龍的護佑。

「別說蠢話了！都冷靜下來！」

像是要把敵意與羅冰冷的視線隔開，有幾個人張開雙手擋住牠。

「就是啊，如果牠真的是金眼的黑龍，應該要保護！怎麼能拿牠當盾牌！」

「也要一起保護娜塔莉皇女！」

「少說蠢話，娜塔莉皇女沒有拉維皇族的血統啊！」

「別囉嗦了，去搶過來！只要能利用金眼的黑龍，說不定就能從龍的威脅中逃走了！」

有人拿出刀。娜塔莉哀痛地大喊起來。

「不行，住手！如果你們要我離開，我就會離開！沒有拜託你們保護我！所以——」

「不可以，娜塔莉皇女，請逃走！」

「都這種時候了還要顧慮皇女殿下，太奇怪了！」

「重要的是金眼的黑龍！」

在亂鬥的騷動中，幾乎已經分不清誰是敵誰是友。有人被斬斷的手臂飛了過來，娜塔莉尖叫一聲，當場雙腿發軟，害得羅差點從懷中滾落，於是她慌張地像要藏起牠全身般緊緊抱住牠。

「沒事、沒事的喔。」

怎麼看都不像沒事啊。她似乎感覺到羅正冷眼如此說道。

但是娜塔莉仍拚盡全力對著那雙眼睛微笑。彷彿在告訴牠，這世界還有其他美麗的事物。

「一定要想辦法先保護你，什麼也不必、擔心——！」

她的頭髮被用力地往後扯。而羅看著這一幕。

完全不能容許一點虛假。牠那雙眼睛正在試探著「是否有守護你們的價值」。

「抓到了，砍傷腳讓她不能跑！」

「黑龍也是，快抓住——」

「羅，快逃！」

娜塔莉狠狠咬了抓住她的士兵的手臂，在嚇一跳的士兵將她摔到地面上的同時——

嬌小的龍一蹬地面，往上飛了。

「嗚啾。」

伴隨可愛的鳴叫聲，牠甩動的尾巴擊飛襲擊娜塔莉的士兵，接著吐出火焰。就像是為了把保護娜塔莉的士兵與襲擊而來的士兵分隔開般，做出一面在地面上燃燒成一直線又不可思議的火焰之牆。

羅出現在愣住的娜塔莉等人的前面，得意地挺起胸膛，並對著火焰之牆另一邊的士兵們扭著屁股。

「嗚～啾嗚～啾。嗚啾～啾啾啾～」

雖然聽不懂牠在說什麼，但從那得意的樣子看來，是在取笑對方吧。黑龍拍拍屁股，激怒了火焰另一頭困惑的士兵們。

「這、這個……！」

「只、只是火焰而已，不算什麼！衝過去吧！」

「嗚啾？」

護著臉衝過火焰之牆的對手，讓羅吃了一驚。回過神的娜塔莉和另一個人，為了救羅都伸出手。稍稍回過頭的羅，似乎很驚訝地看了伸向自己的手。但另外還有件事……

「嗚啾——！」

看見抓住士兵的手臂阻止攻擊的嬌小身影，羅高興地飛過去。

「聽好了，羅。對這種人不必仁慈。」

火焰的熱風吹拂在金髮少女身上，她細細瞇起紫色眼瞳堅定地說道。才說完，就踹飛穿過火焰之牆的士兵，送對方回到牆的另一邊。

「一旦發現，就要一個不留的殲滅，聽懂了嗎？」

「嗚啾。」

「吉兒，那種教育不是很好……」

「別說了，現在別對隊長多嘴，會死的。」

在她身後的樹上，有一名架著弓箭的士兵，以及一名在樹下手持大劍的士兵。只有三個人。不過娜塔莉已經知道他們三人的稱呼。

是龍妃，以及龍妃的騎士。

「娜塔莉皇女殿下，您平安無事真是太好了。請再稍等一下，我們要進行打掃。」

少女若無其事地說道，接著便如同跳舞般，朝火焰之牆的另一邊直衝而去。

帝城內的龍不行動、皇帝不在，還正為了麵包店是什麼暗號苦思時，吉兒首先做的，便是去搶馬匹。接著她前往艾琳西雅那裡，抓住正在訓練的齊克與卡米拉的衣領，讓他們騎上馬後，說了句「跟我走」便出發了。連威脅空中逃竄的龍的時間都沒有。

她甚至完全沒有考慮這時間點從帝城消失，會被懷疑是間諜。心裡只有對擅自離開的丈夫的憤怒，以及考慮自己該做什麼才好。

他們將一路全力奔馳的馬留在半途的小村莊中，接著透過打聽消息推測出娜塔莉他們可能藏身的地點。在這時，哈迪斯消失身影已經過了三天。哈迪斯可能在很久之前就抵達拉迪亞，開始經營麵包店了。

「生日禮物如果送我馬可能也不錯，一匹駿馬。」

在擊敗所有想藉由抓住娜塔莉與羅來保命的宵小之輩退回來後，吉兒呢喃道。

「既然這樣，會飛的馬比較好，還可以設計擊落龍。」

「那種東西真的是馬嗎？」

吉兒無視齊克冷靜的吐槽，向周圍看了一圈。

「還剩多少人？」

「扣除娜塔莉皇女殿下以外，有二十九人。沒有人受重傷。」

正當吉兒拿火焰另一頭的人出氣——應該說是殲滅敵兵的時候，卡米拉已趁機掌握狀況。

「把我算進去，六人一組可以編列五組。那麼，照這樣組隊出發吧。」

「等、等一下，妳說出發是打算去哪裡？」

「去拉迪亞，娜塔莉皇女殿下。」

滿身瘡痍的娜塔莉眼神飄忽起來。為了幫助她，年長的士兵走過來。他是稍早率先挺身主張要保護娜塔莉與羅的人。

「妳救了我們，真的非常感謝。不過，妳是什麼人？」

「我是龍妃，名字是吉兒・薩威爾。」

驚訝的騷動傳開。吉兒不在意地看著所有人。

「沒有時間了，我簡短說明。各位應該知道你們的前夥伴正潛伏在拉迪亞吧？接下來要請各位成為我的軍隊，前往拉迪亞。」

「我們只有這麼一點人，為什麼要那麼做？」

「為了與龍妃一起從逆賊手中拯救拉迪亞，並讓帝國軍重新再起。事情很單純吧？」

所有人都吃驚不已，彼此互看著。

吉兒雙手抱胸，以冷淡的口吻繼續說道：

「這是我基於好心才說出這個提議。老實說，我現在就巴不得可以立刻一個人到拉迪亞進行鎮壓。」

「一、一個人……去嗎？」

「沒錯。而且各位其實沒有其他選擇吧？或者你們希望自己就這樣被奪走帝國軍名號的傢伙殲滅？」

「我——我們還有娜塔莉皇女在……」

「負責交涉的使者，已經在昨天成為屍體回到帝都了呢。」

眾人感到無比震驚。

「怎、怎麼會？根本沒有人來這裡！」

「是不是遭人設計這種事，現在已經無所謂。帝都已派出軍隊，這樣下去各位只會被當成逆賊無辜地死去。要做出判斷的情報，很足夠了吧？要跟著我賭下可能翻盤而死去，或是白白地死去，只是這樣的選擇而已。」

「——龍妃殿下。」

向前站出來的士兵，單膝跪下詢問道：

「我只想請教一件事，您能夠保護娜塔莉皇女嗎？」

吉兒不禁眨了眨眼，但那名士兵的眼神非常認真。不只往前站的那名士兵，在他身後的其他人也充滿相同的眼神。

「我們的命是娜塔莉皇女殿下救回來的。只要您能答應會救娜塔莉皇女殿下，無論您是不是龍妃，都會把命託付給您。」

「我、我也是！」

看見士兵一個接一個附議，當事人娜塔莉震驚得連眼瞳也顫抖起來。

娜塔莉的心意確確實實傳達到他們心中了。吉兒的口吻與表情不禁變得柔和。

「我答應你們，她是即將成為我親家姊妹的人。我會派騎士跟著她，讓她平安回到帝城裡。在帝都的艾琳西雅殿下那裡應該是安全的。」

「可是，不能只有我回去，這些人是……！」

「他們是軍人，所以只能靠功績來挽回名譽，娜塔莉皇女殿下。」

「可是，他們明明什麼都沒做，卻被當成逆賊耶。」

娜塔莉起身打算繼續說下去時，士兵舉起手制止她。

「是的，娜塔莉皇女。我們**什麼都沒做**。」

聽到語氣中帶有一些意有所指的口吻，娜塔莉眨了眨眼。

「我們之間充滿不滿與不信任，因此遭到利用，並且被捨棄了。」
「那種事是利用別人的人不對，是那些笨蛋哥哥們的錯！」
「真的是那樣嗎？我們即便被當成逆賊，也不會是拉維皇族或皇帝陛下的背叛者。因為我們沒有宣誓對那個人效忠過。」
只有在曾經有信任時，才能以背叛譴責對方。看著說不出話的娜塔莉，年長的士兵溫柔地對她微笑。
「但是，您讓我回想起了忠義之心。請回到帝都去，娜塔莉皇女殿下，您是拉維皇族，是我們必須要守護的皇女。」
沒有用處的皇女。給予自己那個評價的娜塔莉抬起了臉。
「說實話，我們並不知道皇帝陛下是個怎樣的人，但我們認同您是拉維皇族，現在這位自稱龍妃的少女來到這裡救您。光是這樣，我們便還想繼續以帝國軍自稱，是您讓我們這麼想的。」
「怎麼會……我、什麼也沒……」
「——正因為如此，我們也想去救回同伴。」
吉兒的眼神稍微看向士兵們，原本視線躲開的士兵都重新看向吉兒。
「在拉迪亞的帝國兵們和我們一樣，特別是率領他們的薩烏斯將軍，是真心仰慕格奧爾格大人，可能就是因為如此，才迷失了原本應該守護的對象。因為大家都是有強烈意志想守護拉維帝國的人。」
「但是，我從維賽爾皇太子殿下口中聽到，他們是為了謀劃叛亂所以聚集在拉迪亞。如果是打算為謀反者格奧爾格復仇而戰，就不能放著不管。」

「不過在還沒起義之前，有彼此對談的機會嗎？」

若能那麼做，自己就不必那麼辛苦了。但吉兒還是先這麼回答：

「知道了，我會試著向陛下進言。可是前提是，這一切要趕上起義之前才有可能進行。」

「是，如果能獲得許可，我想去說服他們。」

「也好，具體的計策就在路上擬定。那麼娜塔莉殿下，請回城裡。」

娜塔莉聽著吉兒他們的談話，這時才回過神。

「對、對不起……我，那個……結果我還是，什麼都沒做……」

「並沒有那回事喔，娜塔莉殿下。」

吉兒制止了原本想說話的士兵，眼神凝視著娜塔莉。

「如果不是因為您，我就沒有機會像這樣和他們彼此坦誠相談，而他們原本應該也會懷著對拉維皇族的恨意而死去。」

娜塔莉咬著嘴唇望向吉兒。

「大家……就算去作戰，還是會有活路吧？」

「他們是娜塔莉殿下交付給我的士兵，不會讓他們白白犧牲。」

「妳也要平安回來，我還沒找妳辦過茶會呢。」

聽到這番意想不到的話，吉兒笑了出來。

「說得也是，不過其實我已經和芙莉達殿下一起辦過茶會。」

「那孩子真是精明……我都說過不行了。」

「她很擔心您。這裡就交給我，您回去她身邊吧。」

吉兒緊握住娜塔莉的手，臉頰沾著些微髒汙的娜塔莉也回握住。

「既然妳都那麼說了，我就回去她身邊吧。不過，借走妳的騎士沒問題嗎？」

娜塔莉轉頭看向卡米拉，卡米拉揮揮手笑道：

「沒問題的～這樣吉兒就能成為『拯救娜塔莉皇女殿下的龍妃大人！』了喔。」

「而且交給其他人，事情又會變麻煩。更重要的是，這任務如果出現失誤，很多事都會跟著泡湯了。」

「拜託你們了，卡米拉、齊克。一定要把她平安送回艾琳西雅殿下身邊。」

聽到吉兒的命令，卡米拉與齊克敬禮回應。似乎受他們影響，其他士兵們也一起回敬了禮。

「既然事情這麼定了，請您下命令，龍妃殿下。」

「請讓我們跟隨您。雖然不能否認是因為有點自暴自棄……」

「請、請問！幼、幼龍，就是……有一頭……小隻的龍在……」

吉兒看向背後出聲的士兵，「哦」一聲笑道。

「你是說羅吧？牠會跟我們一起去，對吧，羅？」

聽到自己的名字，躲在娜塔莉背後的羅，尾巴因為驚嚇抖了起來。

聰明的羅一定有察覺到。

吉兒對哈迪斯的怒氣有多旺盛。

「羅少爺，去吧。被牽連進陛下搞砸的事，就是你的命運。」
「逃走只會更可怕喔，快去，加油！」
「我並沒有要對羅生氣喔。」
吉兒對似乎有什麼誤會的部下搭話，接著嘆了口氣。
「羅也沒事真是太好了，我很擔心你呢。娜塔莉殿下，真的非常感謝您保護了羅。」
「我、我沒有啦，反而是羅保護了我才對……」
「原來是這樣。真厲害呀，羅，你非常努力呢。」
羅從娜塔莉的後面悄悄探出臉來，吉兒蹲下來向牠伸出手。
「好了，過來。」
「嗚啾～！」
羅一副充滿感激的模樣跳到吉兒的胸前。緊緊抱住牠後，吉兒終於鬆了口氣。
不過呢——
「那麼現在，告訴我你和陛下共享情報到什麼程度……？」
吃驚的羅驚恐地在吉兒懷中抬起頭來。
不知道牠在想什麼，兩手靠在下巴下方，睜著閃閃發亮又圓滾滾的眼睛，發出可愛的鳴叫。
「嗚啾☆」
「你果然都知道啊！陛下和你多少有連結吧？不對，是拉維大人嗎？」
「嗚啾啾啾————！」

羅慌張地逃回娜塔莉的身後。娜塔莉緊張地提高音量說：

「等等……！我是不知道發生了什麼事，但不要對那麼小的龍這樣！」

「娜塔莉殿下，請不要插手，這是夫妻間的問題！羅，不要逃！」

「嗚啾——！」

「——不要太過分了，龍妃和龍王！」

在娜塔莉身邊轉著圈追逐的吉兒與羅頓時停下來。

展露威嚴的娜塔莉用手指指著吉兒的鼻尖。

「聽好了，光是我們的皇帝有戀童癖這件事，就已經威嚴盡失了！」

「這……這應該是誤會，陛下絕對不是有戀童癖……」

「妳去照照鏡子看看自己的模樣！他跟妳這樣真的要結婚，不管怎麼看都是戀童癖吧！」

完全無法反駁。連羅都乖巧地站在吉兒旁邊。

「然而現在連龍妃和龍王也是，一點威嚴都沒有！再沒有架子也該有個限度！」

「是……」

「嗚啾……」

「現在呢，你們這副模樣接下來要去拉迪亞！那裡可是由龍妃治理的土地耶，要是不好好表現，沒有人會相信妳是龍妃吧！」

「啊，有關那件事，那裡由龍妃治理是什麼意思？」

聽見吉兒反問，娜塔莉楞住了，四周也安靜下來。卡米拉的手指靠在額頭上「啊啊」了一聲後喃喃說道：

「這麼說來，是不是沒有人向吉兒說明過呀？至少我沒對她說過這件事。」

「……我也沒有啊，因為根本不清楚詳情。」

「……妳不知道那是什麼地方，為什麼打算要過去？」

「如果那裡是龍妃治理的領地，本來就該由我率領軍隊前去鎮壓。我想，陛下本來應該想那樣下令吧，不過卻沒辦法。如果能想辦法讓皇太子殿下下令，就算無理的要求，也能派我去處理就好了……」

現在回想起來，擊倒斐亞拉特的士兵是個失敗的舉動。如果沒有那麼做，維賽爾可能就會小看吉兒，認為她無法鎮壓拉迪亞，反倒可能會隨便派支軍隊給她草率地把她從帝都趕出來。

「我不太擅長擬定計策，但是知道在陷入難纏敵人的計策時該怎麼做。總之要找敵人麻煩並挑釁！」

維賽爾無論如何都想封鎖吉兒的行動。哈迪斯在帝城時，吉兒也不想做出行動，然而一旦哈迪斯不在則另當別論，所以她才離開了。至於這麼做的結果會如何她並不想管，只要能讓維賽爾不開心就夠了。

吉兒強而有力地握拳斷言，微妙的沉默充斥現場。她聽見卡米拉悄悄對齊克耳語的聲音。

「教她這些的是那個狸貓少爺嗎？」

「可能是吧……」

「所以我才打算去鎮壓拉迪亞，只是因為那樣。」

哈迪斯會離開的理由，一定也與這件事有關。他考慮到只要自己在帝都，吉兒就無法行動，才會飛到拉迪亞。

想到這裡，就讓吉兒心中感到既甜蜜又心疼。不過在沒商量的狀況下就離開實在不可原諒。

（而且他真的有可能去麵包店學藝！畢竟是陛下！）

他的魔力應該恢復到快一半了，然而應該也隨著恢復程度，虛弱體質又開始發作。啊啊擔心死了，就算要拿繩子綁在他脖子上，也得快點去接他回來。戀愛之心真是複雜。

「那麼，妳完全不知道有關龍妃的神器的事……？」

「龍妃的神器？」

聽起來那麼有趣的東西是什麼？聽到娜塔莉的話，吉兒眼睛閃閃發光地喊著：

「那是什麼？龍妃指的就是我吧，我的神器嗎？那是什麼我一定要拿到！拉迪亞有那個東西嗎？」

齊克在遠處別過臉。

「啊……難怪沒有人告訴她，原來是本能無意識地想避開這件事。」

「吉兒很有可能會一個人衝過去嘛。」

「妳……妳真的不知道啊……」

吉兒對娜塔莉的確認拚命點著頭。

「只、只是妳用那麼期待的眼神看著我也沒用，因為不知道它是否會顯現……畢竟也有封印……」

「封印！是認真的呢！是什麼樣的封印？魔法？」

「對、對啊，據說是不把女神克雷托斯帶來就無法解開的魔法。」

反過來說，表示女神克雷托斯能夠解除封印啊。吉兒忽然想起，現在克雷托斯軍似乎也正朝著拉迪亞前進的事。

（難不成克雷托斯軍的目標不是引發戰爭，而是位於拉迪亞的龍妃神器……？）

「原來是這樣，難道陛下也考慮到這件事，才說要到拉迪亞的麵包店學藝……？」

「等等，麵包店是什麼意思？」

「這件事不重要，去拉迪亞果然是正確的！」

吉兒把拳頭向上一揮，喊道：

「我要去取得我的神器，順便把繩子綁在陛下脖子上，再隨手去鎮壓！」

「陛下變成順便的，至於鎮壓只是名義上做做而已了。」

「這就是隊長嘛。」

「嗚啾……」

羅似乎正嘆著氣說：「傷腦筋。」吉兒一臉得意地從牠身後帶著笑容慢慢說道：

「神器當然是為了用來捆住陛下喔。」

「嗚啾？」

「那麼，聰明的羅知道我想要做什麼嗎？」

龍王小心翼翼地從下方觀察吉兒的臉色。

是的，羅是龍王。牠與哈迪斯一樣，擁有黑色與金色的配色。

「現在，龍因為陛下的命令，全都不出動了。」

「嗚……」

「但如果是你，就能夠使用龍載我們順利抵達拉迪亞吧？」

「啾……」

「那麼到時候，我一定會開心到送給羅早安之吻和晚安之吻呢！」

「啾——————！」

於是哈迪斯的心便立刻倒向了寵溺牠的吉兒。

拉維帝國鄰接拉奇亞山脈的國境，從北方起依序由諾以特拉爾領地、拉迪亞領地、萊勒薩茨領地架著防衛線。位處中間的拉迪亞領地鄰接拉奇亞山脈的面積較多，不過是個能向左右領地布下軍隊的重要據點。

那座城市是基於初代龍妃所建的防衛據點而發展起來，因此成為龍妃的直轄地。

話雖如此，因為只有在龍帝出現時才會有龍妃，那片土地慣例上皆由拉維皇族代理治理。直到最近為止由格奧爾格代理這個職務，就是這個原因。

這個直轄地正是龍妃與女神克雷托斯作戰的地點，所以也建有龍妃的神殿，龍妃的神器就供奉在那裡。

至於詳細情況，娜塔莉說她也不知道，能知道的是，只要沒有龍妃出現，神器就不會顯現，而且就算顯現了，也會封印在神殿中無法挪動。像是龍妃沒有戒指就無法使用神器，這類使用條件要疊加到哪種程度，確實不會留下詳細紀錄。

（不過龍妃的戒指就是那枚金色戒指吧！而且是為了與女神戰鬥的神器，那絕對是武器！）

現在雖然因為魔力遭封印而看不到，受到拉維的祝福而收到的金色戒指，她仍記憶猶新。事情的可信度忽然變高了。想到這裡，吉兒的腳步變得輕盈。

「會是劍嗎～？是長槍嗎～？是手指虎嗎～？斧頭也不錯呢！」

「嗚啾……」

羅一屁股乘坐在心情大好的吉兒前面，似乎想說什麼。在雲層上方飛行的龍，組織整齊地列隊飛行。只要是帝國兵，好像都擁有至少能操控龍飛行的技術，大家乘著羅從四處召集來的野生龍第四天，並沒有任何混亂。

（只是時常需要休息，速度無法提升……從陛下離開算起，已經晚了他將近十天。）

幸運的是，維賽爾應該仍無法使用在帝城裡的龍。雖然不知道龍會執行哈迪斯的命令到什麼時候，至少是不可能追上吉兒他們的。

娜塔莉則在託付給齊克與卡米拉後分道揚鑣了。他們倆一定能夠順利地避開維賽爾的軍隊，把娜塔莉送到艾琳西雅手上。

如此就能完成龍妃的騎士救回娜塔莉皇女，而龍妃率領保護娜塔莉的帝國軍前往拉迪亞阻止起義的形式。

剩下就是與哈迪斯會合，若能取得龍妃的神器就完美了。

「既然是那麼重要的事，陛下早點告訴我不就好了，為什麼——啊，難道是因為金色戒指還沒有回來？這樣表示有可能還沒顯現，或者可能無法使用……那不就沒辦法綁住陛下了！」

「嗚啾？」

「隊長。」

一名似乎是學齊克那麼稱呼她的士兵，操控著龍過來與她並排飛行的同時喊了她。

「拉迪亞的城市就要到了。要繫住野生的龍比較困難，我們是否在郊外降落後，徒步進城比較好？」

「說得也是。羅，能拜託你嗎？」

大概是話題轉變讓羅鬆了口氣，於是牠發出可愛的鳴叫聲，而龍配合牠的鳴叫降低了飛行高度。

「喔喔！」有人發出感動的聲音。

「真厲害，好像成為一流的龍騎士團一樣。」

「帝國兵所有人都能操縱龍吧？」

士兵們笑著回答吉兒的疑惑。

「我們都是沒有自己的龍的步兵，而且硬要說的話，隸屬於後方部隊。」

「原來是這樣，不過太依賴龍也不好。在我家，只要能獨立擊落龍，就代表獨當一面。」

「哈哈哈，您真愛開玩笑——」

遠處一陣巨大聲響蓋過笑聲。羅嚇了一跳抬起頭，龍全都急煞停在原處。吉兒在同時也因為感應到某個東西而挺直背脊。

（剛剛那個強大得嚇人的魔力是什麼？）

遠處的拉迪亞城鎮上空，有魔法陣飄浮著。就在驚訝不已的吉兒一行人眼前，魔力對著城鎮投下攻擊，能清楚看見煙塵從城鎮四處飄起。

「為什麼城鎮會遭到攻擊？」

「剛剛那個不是克雷托斯的魔法陣嗎？難道是克雷托斯攻過來了！」

「應該不可能……」

吉兒說到一半停下了。她所知的歷史中沒有那場戰爭，即便有也是更久以後，是在克雷托斯王國與拉維帝國開戰之後才發生，距離現在還有一年以上才對。現在不但還沒開戰，連宣戰的徵兆都沒有。

不過已經有很多事情改變，所以就算發生吉兒不知道的戰爭也不奇怪。

「隊長，有軍旗！在龍妃的神殿上……！」

彷彿證實她所擔心的事，城鎮的東側，有一面軍旗像要遮蔽煙霧般升了上來。

是拉維帝國軍的軍旗——吉兒以前也以敵人身分看過它。深紅色的線在黑色底色的布上描繪出龍的圖騰。

在那上面，畫上了大大的叉記號。

它正高高掛在冒著煙霧的莊嚴建築物的最高處。

有人不自覺地呢喃道：

「難道是，叛亂……？」

「……羅，要來嘍！」

「嗚啾？」

龍突然急速上升，讓一些人響起哀號，但沒空管那麼多了，因為籠罩城鎮的魔法陣正朝這裡瞄準。

「嗚啾、嗚啾──！」

他們躲避著四處飛射的魔力光束，羅閉著眼死命地集中精神，應該是正在傳送命令給龍。不過畢竟不是經過訓練讓人騎乘的龍，士兵開始從為了躲避攻擊呈現扭曲姿勢的龍身上掉落。

吉兒咂嘴，扯斷綁在鞍具上的救命繩。但在吉兒跳下去救人之前，便有龍騎士從一旁把掉落的士兵撈上來救起，並躲開攻擊飛走。

「離開城鎮，保持距離！那是瞄準龍的對空魔法，只要到射程外就不會遭到攻擊了！」

聽到從背後傳來的聲音，吉兒驚訝地轉過頭。

龍騎士們的隊伍整齊排列，飛在最前方的，是她熟悉的面孔。

「你們這些傢伙就算死了也是帝國兵吧！不要只靠龍飛，給我靠自己操縱！」

「里斯提亞德殿下！」

發現是吉兒喊了自己的名字，一瞬間讓里斯提亞德感到非常驚訝，但他立刻下達指示。

「改變作戰，暫時撤退！降落到地面上！」

「放著城鎮不管沒關係嗎？」

「當然有關係，但妳帶來的人不是龍騎士吧？他們只會白白變成標靶！」

如同里斯提亞德所顧慮的，被擊落的都是吉兒帶來的士兵們。龍雖然躲開了攻擊，但因為人類無法跟上龍的動作而摔落。對於羅的負擔應該也很大。

「而且如果按照我的推測發展，應該還有時間。在維賽爾從帝都帶軍隊來之前，大概會呈現膠著狀態。」

「這、這是怎麼回事呢？」

「這只是為了在檯面上展現『這是拉維帝國內的叛亂』而已，妳看他們的軍旗。」

為了引導沉默的吉兒，里斯提亞德飛在前方。

「我的根據不只有那個，克雷托斯也送了書信來。」

「什麼？克雷托斯為什麼會送書信來？」

「說來話長，我們有必要互相交換情報。」

他們來到射程外的地方，吉兒點點頭，深呼吸後稍微回過頭看了一眼。

距離魔法陣包圍的城鎮愈來愈遠了，哈迪斯明明就在那個城鎮裡。

「嗚啾。」

大概是來到射程外的地方讓羅有了餘力，便蹭蹭她，似乎是想告訴她不必擔心。吉兒苦笑，握著幾乎派不上用場的韁繩重新提起精神。

（……陛下一定不會有問題的。）

他是擅自離開的，如果沒有平安無事絕不原諒他。現在需要的是至少要相信他平安的堅強。

娜塔莉回到帝城，迎接她的第一句話不是「歡迎回來」、「我好擔心妳」，也不是斥責。

「做得太好了！」

明明全身狼狽，氣味應該也很難聞，艾琳西雅卻沒有絲毫猶豫，大力地緊抱住她，讓娜塔莉心底有股情緒湧了上來。為了掩飾這個心情，她故意冷冷地說：

「太、太誇張了啦，艾琳西雅姊姊，我只是被抓走一下而已。」

「才沒那回事，妳做得真是太好了！要是我一定做不到。真想讓妳看看維賽爾被妳和芙莉達擺了一道的臉！」

那可能倒挺想看看的。

「妳是個非常有勇氣的孩子。」

艾琳西雅在拉維帝國當中擁有諾以特拉爾公爵這樣的強大後盾，本人又率領菁英龍騎士團，聽到她這樣大肆誇獎，娜塔莉感到不好意思起來。正當她無法回話感到焦躁不安時，異母妹妹以彷彿隨時要跌倒的氣勢，從走廊遠處奔跑過來。

「娜、娜塔莉、姊姊……！」

「芙莉達。」

「妳平安、無事……真是……真是……！」

大概是情緒高漲到頂點，異母妹妹抱著熊玩偶大哭出來，娜塔莉在她面前跪下來。

「不是說過我不會有事嗎？別哭了，芙莉達。」

「姊、姊姊自己也在哭……」

「咦？騙人。」

她慌張地伸手觸碰自己的臉頰，發現指尖沾濕了。難怪感覺自己的視線很模糊啊。她浮現出苦笑。

「就算是這樣也別哭了——因為我們是皇女啊。」

芙莉達的喉嚨發出嗚咽聲，淚濕的眼睛抬了起來。娜塔莉帶著無法用語言描述的心情，使盡全力緊抱住她，她小小的手也回抱了自己。

艾琳西雅轉身面向送娜塔莉回來的龍妃騎士們。

「辛苦你們了，齊克、卡米拉。」

「過獎了，能夠護送皇女殿下是件榮譽的任務呢。」

「而且騎馬比騎龍輕鬆多了。」

「那麼，現在吉兒怎麼樣？羅呢？」

艾琳西雅壓低聲音，那是軍人的語氣。娜塔莉與芙莉達知道不能插嘴，於是靜靜地聽著他們對話。

「吉兒帶走小羅，他們朝拉迪亞飛過去了。」

「果然由龍王下命令，龍就會飛了啊。這裡的龍還是四處逃，真傷腦筋。」

「看來是不可能追上隊長了。話說回來，斐亞拉特軍的動向很讓人在意。」

身高比較高，武器使用大劍的齊克似乎不想把維賽爾帶來的軍隊稱為帝國軍，仍稱他們為斐亞拉特軍。

「他們連帝國軍的潛伏地點找也不找就直接南下了，是怎麼回事？」

「因為他們前往拉迪亞了。」

一個柔和的聲音響起，讓在場所有人都回過頭。

「歡迎回來，娜塔莉大人。」

那口氣宛如臣子在說話。被叫喚的娜塔莉站起身，行了淑女的禮。

「……我回來了，維賽爾皇太子殿下。」

「叫我維賽爾就可以了。不管我是哥哥或是皇太子，皇女殿下對我應該有所不滿，因此才會不惜成為人質，打算藉此妨礙我。」

這位異母哥哥雖然給人溫柔的印象，但那雙眼睛卻有種刺骨的冷漠。

「不過，若是妨礙到皇帝陛下可就另當別論了。以後請小心。」

在娜塔莉身邊的芙莉達躲到後面，艾琳西雅嘆口氣，站到娜塔莉她們前方。

「維賽爾，你派出軍隊前往拉迪亞，是什麼原因？」

「啊啊，是為了趕上在拉迪亞進行的叛變時機才派兵的，而且也必須迎接哈迪斯回來。既然無法使用龍，進軍就會比平時更花時間，所以提早行動了。」

「……做準備當然是必要的，不過還不能肯定拉迪亞會叛變吧？」

看見艾琳西雅不悅的表情，維賽爾露出嘲笑的笑容。

「妳還是一樣天真呢，拉迪亞會叛變喔，一定會。」

「為什麼你能肯定？」

「因為那是你安排的，沒有錯吧？」

娜塔莉忍不住插嘴，但維賽爾眉毛也沒挑一下，笑著回答：

「並不是喔，這是皇叔的計策。」

這意想不到的答案，讓娜塔莉他們全都震驚得臉色發白，維賽爾露出輕蔑的笑容。

「那是格奧爾格大人考慮到萬一自己遭哈迪斯討伐，而對帝國兵下的命令喔。聚集在拉迪亞的帝國兵，就是遵照那個命令行動。」

「怎麼會……有那種事……」

「那麼，你們認為為什麼帝國兵會那麼有紀律地在拉迪亞完成集結？若沒有人指示是不可能辦到的。」

維賽爾所說的話非常有道理。

「為……為什麼，皇叔要對他們……下命令呢……？」

芙莉達悄悄地從娜塔莉身後探出臉來問道。維賽爾則毫不在乎地這樣回答：

「不知道，因為格奧爾格大人最後把我放逐了。但是可以想像得出來啊，只要從拉迪亞的帝國兵們的行動來考慮，就能知道他想守護的東西是什麼了。」

「皇叔打算守護的東西是什麼？」

艾琳西雅皺起眉頭，維賽爾嘲諷地笑了起來。

「若沒有自覺，那麼格奧爾格大人做的事就沒有價值了！就是你們所在的這個國家啊。」

娜塔莉與芙莉達一起倒吸一口氣，艾琳西雅則雙手握緊了拳頭。

「格奧爾格大人為了假稱自己為拉維皇族的你們，想要從克雷托斯王國和哈迪斯手上保護這個澈底腐爛的拉維帝國。」

他從嘲諷的笑容神情一變，面無表情地說道：

「所以他自然也考慮過自己輸了的狀況。當然了，雖然那是個連作戰都稱不上的粗糙策略，但帝國兵繼承了他的遺志而行動。真是忠心耿耿。」

「那麼，在拉迪亞的帝國兵在做什麼？如果是為了保護拉維皇族，應該要留在帝都吧？」

「那種事我才不知道。」

不知是不是沒有興趣，維賽爾隨便地回答。不過艾琳西雅繼續試探下去。

「如果是你，應該能想像得到拉迪亞的帝國兵可能想做什麼吧？」

維賽爾一臉麻煩的皺起眉頭開口：

「……是啊，大概是要保護龍妃的神器，不把它交給克雷托斯吧。」

在茫然的艾琳西雅追問理由之前，維賽爾繼續說道：

「在拉迪亞輔佐皇叔的傢伙，從以前就有傳聞他與克雷托斯有往來。他推測在輸了之後，那傢伙因為懼怕哈迪斯的懲處而去討好克雷托斯的可能性很高。而這時，龍妃的神器就是上好的伴手禮吧？」

「如……如果你說的是真的，帝國軍所做的事就不是叛亂了吧！而你卻把這件事……」

「他們擅自在拉迪亞集結並占領當地，取走武器還打算與克雷托斯打仗，完全不聽從我們的命令。若是放任不管，他們應該會在拉迪亞要求自治權，或是建立軍事政權吧。宣揚著是為了和克雷托斯打仗，但做那種事和叛亂沒什麼分別。」

「話是那麼說沒錯，但他們若是打算保護國家，應該可以和解！」

「他們的忠義之心是向著皇叔，而不是哈迪斯。」

艾琳西雅把批判吞進肚裡了。其他人也沒有出聲。

「再說，對他們而言，哈迪斯是討伐他們主君的仇敵，是不可能和解的。而且他們應該也聽皇叔說過許多次，只要曾對哈迪斯刀刃相向過的軍隊，不會獲得我的寬恕，所以他們才沒有留在帝都。就是這種程度的人而已。」

「……我還以為你和皇叔相處得很融洽……所以皇叔才會決定讓自己的女兒跟你訂下婚約不是嗎？」

艾琳西雅困惑地說出的感想，也正是大家所想的。然而維賽爾大笑了起來。

「哦，我那位既沒見過面又不感興趣的未婚妻，確實是皇叔的女兒呢。真是愚蠢，我只不過是為了哈迪斯，所以需要斐亞拉特公爵的力量，而皇叔為了與哈迪斯抗衡所以想拉攏我，正好利害關係一致而已。」

芙莉達緊緊地握住娜塔莉的手。看不出在想什麼的艾琳西雅冷靜地問維賽爾：

「……哈迪斯知道帝國軍在拉迪亞集結的理由嗎？」

「我有告訴他了。」

維賽爾一副理所當然的樣子回應，艾琳西雅表情放鬆了下來。

「這樣啊……所以哈迪斯才會離開帝都啊。」

這下難得換成維賽爾無法回話。就在此時，有名士兵從城堡遠處趕了過來。

「維賽爾皇太子殿下！諾以特拉爾公爵派的緊急使者的龍到了，傳訊說**克雷托斯來的客人**抵達拉迪亞了！也說可能就快叛亂了！」

維賽爾看不出受到任何震驚，冷靜地反問：

「這樣啊，我們派出的兵什麼時候能抵達拉迪亞？」

「在半路上向諾以特拉爾公爵借了龍，再半天應該就能到。」

「從諾以特拉爾來的龍能飛嗎？」

「是！如果我們靠近會逃開，但由諾以特拉爾來的騎乘者騎乘似乎沒問題。」

「知道了。那麼我也會出發過去那邊會合——事情就是這樣，艾琳西雅大人、娜塔莉大人、芙莉達大人……」

維賽爾分別看著皇女們的臉，低聲說道：

「不要再做些繼續增加哈迪斯敵人的行為了。」

「我是站在哈迪斯這邊的。」

艾琳西雅如此反駁，維賽爾則對她的話嗤之以鼻。

「希望妳不只是說說而已，溫柔的艾琳西雅大人。恕我失陪了。」

維賽爾靜靜地轉身離去，進入城堡內。艾琳西雅嘆了口氣。

「……在我的弟弟們當中，那孩子特別棘手啊。」

「喂，妳還把那個皇太子當弟弟啊？他不管怎麼看都是敵人啊。」

「也不能說得那麼篤定，那孩子——」

「不管是那傢伙或有戀童癖的皇帝都一樣，都沒有得到皇叔或任何人的保護。」

娜塔莉把第一次察覺到的事直接說出口。所有人都沉默下來。

皇叔為了從克雷托斯王國與哈迪斯手上保護拉維帝國與娜塔莉他們而留下了命令，不過他想保護的事物並不包含維賽爾與哈迪斯兩人。考慮到那兩人難以得知的心思或性格的棘手程度，會那麼做可能是理所當然的。只不過，一開始將那兩人視為敵人的，一定是自己這邊——自己的父母親吧。

「只從結果來看，那傢伙做的事只是四處擊潰皇帝的敵人而已。」

只是做得毫不留情。聽到娜塔莉如此說道，艾琳西雅的視線往下垂。

「是啊，娜塔莉。先不論維賽爾的做法如何，他是站在哈迪斯這邊的。比我們都還要更早之前就開始……」

原本還想抱怨的龍妃騎士們也不禁沉默。

「不過……皇帝不打算單方面處決在拉迪亞的帝國軍吧？所以他才會一個人前往帝都……」

對於娜塔莉的疑問，艾琳西雅點點頭。

「我想應該是，因為哈迪斯改變了。只是維賽爾並不認同……因為那孩子在這裡吃了非常多苦。在哈迪斯來之前也是，來了之後也是。」

身邊全都是假扮成盟友的敵人，只要稍有鬆懈就會立刻遭背叛。在這樣的環境中，一個是戴上皇帝之冠的弟弟、一個是成為皇太子的哥哥，他們之間究竟有過什麼樣的對話、糾葛與羈絆，娜塔莉他們永遠不會知道——但是……

「即便如此，也不能放著他們不管啊。」

聽到娜塔莉那麼說，艾琳西雅抬起臉。

沒有人能信任、沒有人能依靠，除了自己。那種感覺娜塔莉也懂，因為娜塔莉就是個失去庇護的皇女。如果沒有芙莉達或艾琳西雅的關懷，她說不定也會變成那樣。

想到這裡，便感到火大起來。

「艾琳西雅姊姊，妳快去拉迪亞。」

「我也非常想去，但要是連我都離開，妳們要怎麼……」

「我們沒問題的，芙莉達，對吧？」

芙莉達探出臉點點頭。

「沒問題……吉兒姊姊有借我……護身符……」

「喂，難道……她現在拿著的是哈迪斯熊——」

「要假裝沒看到，齊克！我們什麼都沒看到唷！」

娜塔莉忽略不知正為什麼事騷動的龍妃騎士們，抬頭看著艾琳西雅。

「要是他們兄弟間開始吵架反而會變得更麻煩呀，他們是互不相讓的笨蛋哥哥們吧？」

「……話是那麼說沒錯，但是我說的話他們不知道會不會聽？」

「那麼就算出手揍人也要阻止他們呀。艾琳西雅姊姊是年紀最大的，使出鐵拳制裁吧。」

這個對誰都溫柔又用心付出的異母姊姊，其實非常強。至少對維賽爾與里斯提亞德使出真本事，應該能打敗他們。

聽到異母妹妹的偏激發言，艾琳西雅眨了眨眼後，盯著自己反覆握緊又鬆開的拳頭。

「這樣啊……說得也是，我就是想成為那樣的姊姊吧。」

「就是呀，連我們的份一起教訓他們。」

她握住那隻手後，艾琳西雅對她笑了。

「我知道了……不過，龍現在因為哈迪斯的命令不肯飛，這樣沒辦法行動……」

「命令層級要傳達到下級的龍，內容應該不會太複雜喔。下級的龍沒辦法記住地名或太複雜的事，所以沒辦法下達『不要飛往拉迪亞』這種命令才對。而且諾以特拉爾來的龍既然願意飛，表示應該有什麼漏洞……我問妳，龍牠們都是什麼樣的反應？」

艾琳西雅邊思考邊眨著眼回答：

「這個嘛，只要想騎乘龍騎士團的龍，牠們就會從廄舍逃走。」

「那麼如果是城外小鎮裡，商人用來運貨物的龍是什麼反應？」

「可以飛。不過看到龍騎士團或帝國兵的人就會逃走……」

「這麼說，牠們是以騎乘的人類是不是士兵來區分嘍。不過牠們是怎麼判斷的……」

和娜塔莉一起陷入沉思的其中一名龍妃騎士——卡米拉忽然抬起頭。

「……從諾以特拉爾來的緊急使者是龍騎士吧？」

「嗯，應該是龍騎士沒錯。能飛一整晚的龍又能操控這種龍的人類也沒多少個。」
「是不是利用軍服做區分？諾以特拉爾的龍騎士和帝國軍的軍服不同，這樣就算是同一個士兵，也會以為是不同人而願意飛。」
「如果是那樣，那麼連看到我和你們都會逃就太奇怪了。我們並沒有穿帝國軍的軍服，還有維賽爾帶來的士兵也是，他們還有很多人沒拿到配給的制服。」
娜塔莉也同意艾琳西雅的意見。就算是軍服，不但有尺寸的差異，還會因為階級有細部的不同，下級的龍沒有辦法記住那麼多細節。
（不過，這是很好的思考方向。）
娜塔莉比較著艾琳西雅與龍妃的騎士身上的裝扮。要找出來的不是不同之處，而是共通點。
這麼一想，她有了靈感。
「……我知道了，是臂章！是帝國軍的徽章！」
是軍旗上也有使用的龍的圖騰。有那個圖騰設計的臨時臂章，無論是艾琳西雅、齊克或卡米拉都戴在左手臂上。維賽爾帶來的士兵們就算還沒有拿到配給的制服，也同樣都戴著臂章。
「就算是下級的龍也能夠記住形狀，只要下令『不要載身上有那個圖騰的人類』……」
「只要取下臂章就能夠飛了——我們去試試看。走吧，卡米拉、齊克。」
「咦？我們也要去嗎？我們還不會飛啦不行的，妳上次已經看到那種慘狀了耶！」
「這是實地訓練！想著如果不飛就會死，便會飛了！」
「妳是認真的嗎？」

「龍妃的騎士不在拉迪亞，龍妃也沒有派頭吧！」

艾琳西雅二話不說拉著齊克與卡米拉的衣領拖走他們。一旦決定要行動，這個異母姊姊的動作是很快的。不過她忽然停下腳步。

「謝謝妳們，娜塔莉、芙莉達。我要出門了，這裡就交給妳們。」

娜塔莉與芙莉達互看一眼，對著回過頭的異母姊姊露出笑容。

「路上小心，交給我們吧。」

「要和大家……一起回來喔。」

「當然了。」

伴隨這聲可靠的回答，姊姊帶著哀號的兩人一起消失在城堡深處。放鬆下來嘆了口氣後，娜塔莉才想起自己的模樣很狼狽。

「討厭，我得去洗個熱水澡換套衣服。明明是皇女，這副模樣太不成體統了。」

「娜塔莉姊姊……妳有遇到什麼好事嗎？」

芙莉達牽著她的手小聲問道。娜塔莉板起了臉。

「哪有什麼好事啊，我遇到的事可慘了。不過——稍微有點自信了。我也是皇女，好像表現得還不錯。」

芙莉達張著大大圓圓的雙眼，開口說：

「……嗯，姊姊是非常棒的……」

「謝謝妳。既然如此，就得去做我們能做的事了。為了能夠與回到這裡的龍妃殿下開茶會，現在起得到處去拉攏人了。」

芙莉達的表情明顯變得明亮並閃著光芒，拚命點頭。

「話說回來，護身符是什麼東西？」

「就是、就是……熊的玩偶和雞先生……」

「什麼啊？真搞不懂那個龍妃呢。」

所以才更得幫助他們，龍妃也是、哥哥們也是。

娜塔莉牽起妹妹小巧的手，稍微挺起胸膛自信地邁開步伐。

「聽說聚集在這裡的是帝國兵的菁英，沒想到轉眼就攻下神殿了。」

男人一邊在規則排列的石造走廊上走著，一邊嘀咕。

這裡是座很小的神殿。雖然看得出有維護，但建築並不是非常華美。裡面有一些石柱支撐著挑高的天花板，不過也僅只如此。甚至連一般祭司或巫女會設置的簡易警備也沒有。既然如此，會由士兵接收也無可厚非。

現在簡樸的地面被倒在各處的帝國兵屍體與血跡染上了顏色。

「是啊，魯弗斯大人。我可是為了這一天做了許多準備。」

一名駝背的男人跟在身後，用黏膩的口吻回答。不記得他叫什麼名字，只知道他是拉迪亞大公的輔佐官。是個用龍妃的神器做交易，祈求能讓他流亡至克雷托斯的賣國賊。

（啊啊真討厭，醜陋至極。）

殺了他吧。男人這麼決定的瞬間，動了動右手。那張貼得很近的陪笑面孔，就有一半俐落地切落在地。

魯弗斯帶來的士兵們見到突然身亡的引路人，一點也不驚訝，他們非常了解他性格多變的特質。不過，還是問了必須知道的事情。

「畫上叉叉記號的拉迪亞軍旗已經掛上，接下來要怎麼做呢？」

「當然是要等小龍妃過來了，畢竟我是為了見她才來的，如果是龍帝來也無所謂，反正也想見他一次。」

「根據之前聽到的情報，帝國軍是由皇太子帶領的，他們會來嗎？」

「沒關係，我要是等膩了就回去。檯面上已經做到看起來像是拉維帝國內亂，這樣那個優秀的兒子也不會生氣了吧。啊啊，廢物就交給你們處理嘍。」

那男人看也不看屍體一眼，走到祭壇旁，雙手插腰看著像是演講台的東西露出微笑。

「話說回來，那孩子真不上道，居然瞞著我有關龍妃的事情。」

「她是真的龍妃嗎？」

「所以我就是為了確認才過來啊。最糟頂多就是在這裡開戰。雖然變成那樣兒子會很辛苦，但無論何時都要幫父親善後，就是身為兒子的工作。」

如同自己以前同樣這麼走過來的。

戴著斗篷帽的魔法師們向笑著的男人跪下。

「一切隨您的意思做吧，魯弗斯・迪亞・克雷托斯國王陛下。」

「我現在可是微服在外，不必拘束，叫我南國王就好。」

他交叉起修長雙腿，用手指撥了撥金色瀏海後，抬頭看向天花板。

這裡是真理與天空的龍神拉維所治理的國家。

男人身穿從那片天空奪取而來的顏色的服飾，咧嘴笑了。

第五章 ⚜ 麵包店的拉迪亞攻略作戰

在抵達拉迪亞的第一天就找到需要人手的麵包店，真是太幸運了。因為帝國兵而讓食品消費增加，自由都市拉迪亞對於食材相關的需求與人手招募都倍增。多虧如此，一間由一位彎著腰的老婆婆自己經營很久的小麵包店僱用了哈迪斯。當她吃下哈迪斯拿出來的麵包後，就立刻決定僱用他了。而且是包吃包住還可以工作的優渥待遇。

要從克雷托斯手上保護城鎮——保護龍妃的神器而來到這裡的帝國兵們很受歡迎，但因為每天都有大量的食材送進成為據點的城堡，反而造成城鎮上容易出現食材不足的狀況。那位即將退休眼睛又不好的老婆婆，原本在考慮增加自己工作的時間，好讓城鎮裡的人能夠吃到麵包。懷有這種善良心思的老婆婆僱用了哈迪斯並非常信任他，把工作都交付給他。聽到她笑著誇獎：「小哈迪斯的麵包很好吃呢！」就讓他高興不已而非常努力。

第二天，當他拿麵包四處兜售時，便獲得「非常美型的人賣的麵包」的評價，從第四天開始他不必拿出去賣，店舖前已有排隊人潮。連續幾天的好業績讓老婆婆傻眼，還分了哈迪斯一半。

而收到軍隊的召集是在第五天。老婆婆只說：「軍人應該也想吃小哈迪斯的麵包吧。」便爽快地送他離開了。哈迪斯留下食譜，做好讓她可以僱用其他人的準備後，努力烤了三百人份的麵包，前往帝國軍所在的城堡內。

「意外地很快就來了呢。」

聽到哈迪斯悠哉地低語，讓在他體內的拉維感到驚訝。

（如果你是以皇帝身分出現，應該第一天就能進來了喔。）

「那應該會帶我到牢獄裡去吧？」

（既然知道就謹慎點啊，不然你會被當成自言自語的怪人。）

那就別搭話啊。哈迪斯在心裡反駁後，跟著一名引路的士兵往城堡內部前進。廣場上有數名士兵在進行訓練、說說笑笑。真是和平的情景。而他不知為何被帶到旁邊的後院，並讓他上了貨車。哈迪斯困惑地歪著頭，同樣在貨車上的士兵便向他說明。

「我們想要送到龍妃的神殿。守在神殿裡面的人很多，將軍希望讓他們吃些好吃的東西。」

「將軍……那個，我記得是……薩烏斯將軍？」

模糊地想起一個體型壯碩的軍人與他的面孔。根據城鎮裡的傳聞，正是他領導著帝國兵們。年齡為四十多歲，雖是軍人但舉止相當紳士，聽說很受女性歡迎。

「沒錯。只要有那位在，就不可能攻陷拉迪亞，放心吧！」

「聽說就是他完成了前代拉迪亞公爵的命令吧？真是非常感謝他。」

「在格奧爾格大人過世後的這種時機點，那個輔佐官大人真不知道會做出什麼蠢事呢。」

與哈迪斯同樣搭乘在貨車上的城鎮居民，笑著誇獎他非常可靠。

「雖然並不是想與克雷托斯有紛爭，但是那個輔佐官大人偏袒克雷托斯的做法實在太明目張膽了。」

「聽說最近又有客人從克雷托斯來了。居然放任那個輔佐官不管，真不知道帝都那些高官都在做什麼……」

「最糟糕的是皇帝有戀童癖，居然打算把這塊領地交給一個十一歲的孩子管理。」

真是糟透了、不如保持現在這樣，在貨車上的人們彼此說笑了起來。

城鎮上的人深信帝國兵是為了保護龍妃的神器而來到這裡，對薩烏斯將軍他們相當有好感。

（真傷腦筋啊，如果克雷托斯真的攻打過來，即使他們守護了龍妃的神器，這種狀況下還是只能處決他們啊……畢竟是他們獨斷的行為，資金的來源八成也是從國庫偷出來的。）

然而若處決他們，從城鎮的氛圍看來，八成會對帝室產生責難吧。真的不禁認為維賽爾「太麻煩了，直接把所有人都當叛亂者處決」的提議非常合理。

但是吉兒並不樂見那種處理方式。

「有家室的人真辛苦……」

「到了喔，小心不要四處亂看，不然會被懷疑是間諜喔。」

他對士兵的警告點點頭，進入神殿中。在裡面的帝國兵應該沒有那麼多，不過神殿原本就很小，所以戒備看起來很森嚴。戒備對象是龍妃的神器，由於以魔法嚴密地封印起來，不但無法取出來，更不用說想搬運出去。既然無法隱蔽它的所在位置，只能增派看守的人手了。

至今為止都放著沒管理，是因為它被嚴密地封印住，連女神克雷托斯也無法輕易取走它，何況它是個只要龍妃沒出現就不會自己顯現的特殊物品。所謂的龍妃也不能只是口頭說說，得是龍帝的妻子，受到龍神拉維祝福的新娘才可以。若相隔百年出現一位已經算是很快了，因此有許多人懷疑龍妃的神器是否真的存在。

話雖如此，哈迪斯本人也多少有點懷疑。

（都說過真的有了！至少在三百年前有出現！）

龍神的斥責聲響起。但因為周圍有很多人，哈迪斯便在心裡偷偷回答。

（三百年前這種時間太不實際了，而且祢對那時候的事記憶很模糊吧？）

（沒有辦法呀，誰叫我的神格被降……我和女神不一樣，只要沒有龍帝這個容器就會進入沉睡，沉睡期間發生的事只能問龍了……）

（連自己的神格降低的詳細原因都記不清楚的龍神，我覺得太奇怪了。）

（那是有道理啦，要抱怨去找女神說，我的神格降低的原因八成都是祂害的！）

（那麼，現在怎麼樣？龍妃的神器有可能顯現嗎？）

哈迪斯凝視著神殿深處確認。他似乎有感覺到與天劍類似的氣息。

（有，就算金色戒指從小姑娘手上消失，神器倒還是有顯現呢。）

然而，金色戒指也就是吉兒的魔力，在魔力恢復之前可能無法使用神器。但神器若遭克雷托斯奪走也很困擾。龍妃的神器是由天劍的材料製作出來的，是神的武器。那個性格惡劣的女神也是神。若由祂奪走，真不知道會怎麼使用。

而且，如果能帶回龍妃的神器，即使無法舉行結婚典禮，周遭的人也不能否認吉兒是龍妃的名義與地位。如同持有天劍的哈迪斯，就會承認是龍帝。

（不過我當然會舉行結婚典禮！也想進行公布婚約的儀式。）

「喂，立刻空出神殿！去準備招待克雷托斯來的客人！」

哈迪斯幸福洋溢的幻想，受到聲音尖銳的怒罵聲戳破。哈迪斯瞇起眼朝聲音來源方向看去。一個看起來是貴族打扮的男人，推開困惑的士兵，並揮舞手杖做著驅趕的動作。在他身後追上來的面孔，哈迪斯曾經見過。

是一名長相剽悍的壯年士兵——薩烏斯將軍。

「輔佐官大人，不能那麼做。不能把克雷托斯的人帶來神殿！」

「別說傻話了，是對方強烈要求的，難道你要趕人家回去嗎？而且對方包含護衛聽說也就只有二十人左右而已，不會有問題。」

「克雷托斯是個魔法大國，只要一個高級魔法師就有可能擊潰一支大軍。」

「既然如此就更不該惹對方生氣啊！如果是戰爭期間也就罷了，克雷托斯現在不是敵國啊。慎重地招待後，讓對方心情愉快地回去才是外交手段。你們這些不懂政治的蠢貨。」

「但根據格奧爾格大人的推測，克雷托斯王國正以取得位於拉迪亞的龍妃神器為目標……」

「什麼格奧爾格大人，那個人可是個反叛者啊，反叛者！」

薩烏斯沉默了。看著靜默的四周，稱為輔佐官的貴族用鼻子哼了一聲。

「你們這些人，應該沒有忘記自己是正受到通緝的人吧？你們以為自己是受了誰的幫忙才能待在拉迪亞的？」

「……隱密接收我們的人是輔佐官大人，我們非常感激您。」

「沒錯，別忘記這件事。如果沒有我，帝國軍就會攻進這裡喔。明白了就快點離開。」

看著臉帶卑劣笑容命令自己的人，薩烏斯挺直背脊。
「這點恕我無法服從。」
「你說什麼！」
「我們是帝國軍，保護國家是我們的責任與義務！」
「什麼帝國軍啊，明明就是叛賊！」
憤怒的輔佐官揮起手上的手杖毆打薩烏斯。周圍的士兵準備上前幫忙時，薩烏斯紋風不動地舉起右手制止他們。
「不管您怎麼說，我們都不會屈服的。這是格奧爾格大人最後的命令。」
「那麼你去向皇帝陛下陳情看看如何？只是不知道他會不會願意聽你說，維賽爾皇太子已經把你們的同伴趕出來，在帝都裡組織了一支新的帝國軍呢！」
「——即便如此，我們也……不，就算只剩我們也一樣。」
「你在作什麼白日夢！不管到哪裡都沒有你們的容身……」
「好了好了，等一下等一下。」
輔佐官正往下揮的手杖被抓住，哈迪斯出現在他與薩烏斯中間。臉頰腫脹的薩烏斯驚訝地眨著眼，輔佐官則惡狠狠地看向他。
「你突然過來要幹什麼！」
「我是城鎮上麵包店的人。」
「麵、麵、麵包店？」

為了不讓驚訝不已的輔佐官感到不安，哈迪斯露出笑臉點點頭。

「我知道你們雙方都有自己的理由了，所以別吵架吧？不如現在大家一起去向皇帝陛下道歉好了！」

「什麼？」

聽到周圍此起彼落感到疑惑的聲音，哈迪斯豎起食指開始解釋。

「皇帝陛下應該也很想守護拉迪亞喔，畢竟這裡有龍妃的神器，更何況陛下最喜歡龍妃了！啊，你們知道嗎？這一代的龍妃雖然才十一歲，但非常可愛也非常帥氣唷！」

「……」

「只要願意為了龍妃守護拉迪亞，並下跪發誓向龍帝效忠，皇帝陛下還是多少會考慮處置方式。不如說不要以為對皇帝下跪他就會心動！」

這是個很好的解決方案。哈迪斯笑容滿面地向四周目瞪口呆的人提議。

「所以現在，大家一起去向皇帝陛下道歉吧！那樣所有事就都能解決了！如何？」

在一陣沉默後，輔佐官氣得抽動嘴唇怒吼：

「把、把這個麵包店的抓起來攆走！」

「是——是！」

士兵們趕緊敬禮，僅僅數秒之間，哈迪斯就從神殿被趕了出來。

哈迪斯在原地抱膝而坐，喃喃自語：

「為什麼會這樣……我以為不用皇帝身分，而是以麵包店的人說話，大家就會聽了……」

拉維從他的背後伸出臉。

「你是認真的嗎？這個笨皇帝。」

「因為吉兒只要吃了好吃的麵包，就會願意聽我的願望！難道是麵包不合他們的胃口嗎？」

「他們根本還沒吃吧！再說問題根本不在那裡呀。」

「喂，麵包店的！」

聲音從神殿入口處傳過來，哈迪斯放開膝蓋轉過身。向他跑過來的是薩烏斯將軍。拉維識相地回到身體內消失了。

「這是麵包的錢，我聽說還沒付給你。」

「啊，謝謝你特地拿出來……」

「另外，也還沒謝謝你幫了我的忙。感謝你。真是丟人啊，身為將軍卻讓麵包店的幫了忙。不過，畢竟對方是貴族嘛。」

他把錢交給站起身的哈迪斯，像是光線太過耀眼般瞇起眼笑道：

「你那張臉在城鎮裡無論男女老少看了都會開心吧。不過，你的優點不是只有長相呢。其實我剛剛在追過來的路上吃了麵包，實在太好吃，轉眼就吃完了，真是好手藝。」

「那麼，你沒有打算向皇帝道歉嗎？」

「……你這麵包店的真有趣。你也理解到我們是反叛者了吧，只是我們要把正義——」

「欺騙城鎮上的人並不好喔。」

應該是戳到痛處了吧，薩烏斯不禁沉默了。

城鎮的居民相信前拉迪亞大公格奧爾格留下的命令是帝國認可的，作夢也沒想到這些事是已經成為逆賊的薩烏斯他們擅自進行的。加上他們為居民保護城鎮，所以更不疑有他吧。

「如果戰鬥真的開始了，避難命令該怎麼辦？能夠準備好接收拉迪亞居民的地方嗎？還是你們打算把他們捲進來？」

「——萊勒薩茨公爵和諾以特拉爾公爵就在旁邊，應該會幫忙想辦法吧。再說，先不管克雷托斯會怎麼做，維賽爾皇太子也不至於對居民見死不救。」

「……不管發生什麼事，你都不打算對皇帝陛下下跪嗎？」

「當然了，我可不是抱著半吊子的覺悟跟隨格奧爾格大人的。」

「為什麼要做到這種程度？」

薩烏斯在稍微靜默後才開口：

「在我小時候，格奧爾格大人在戰場上救了我。這二十年來雖然平靜，但以前因為殖民地的關係而有很多紛爭。他收留了很多受到戰爭災害而失去去處的人。」

「他對你們而言是恩人嘍？」

「沒錯。大家無論是小命還是人生，都是格奧爾格大人救回來的，而格奧爾格大人就是最適合我們託付性命的對象。他想要守護拉維帝國的志願，不知道被打擊了多少次……我們相信他是拉維皇族的人，所以無法臣服於龍帝。若我們向龍帝下跪，似乎就代表格奧爾格大人確實真的敗北了。」

看到哈迪斯皺著眉頭，薩烏斯笑道：

「你不明白啊。說得也是，畢竟聽起來像是意氣用事。不過我們很幸福，把性命託付給他，不但遇到了生死相交的好夥伴，也還有該完成的命令。留在帝都的帝國軍反而比較不幸吧。」

「即使你們做的事，會讓拉維帝國陷入混亂，你也還是那麼認為嗎？」

「對我們而言，拉維帝國就是格奧爾格大人……在明白得完成格奧爾格大人的另一個遺言時察覺到的。格奧爾格大人就是我們的祖國。」

薩烏斯推了推不知道該怎麼回答的哈迪斯。

「麵包很好吃，如果可以，明天再送過來吧。」

受到笑容目送著離開的哈迪斯獨自嘀咕著：

「真困難啊……應該說好麻煩。」

「別嫌麻煩了，加油啊！」

龍神總是只需要出來露個臉動動嘴就好，真輕鬆啊。

看來薩烏斯不是說表面話而是真心的稱讚，所以隔天也叫哈迪斯送麵包到神殿去。先不論他說話的內容如何，光是他肯為將軍出頭，就贏得了士兵們的好感。哈迪斯一邊被稱呼為「麵包店的」，一邊與士兵們有了交情。

「你們的關係好像變得很奇怪耶，他們怎麼會沒發現你是皇帝……」

「我是皇帝時幾乎都被無視啊。」

「不要笑著說這種話，我聽了比你還難受……現在這狀況，你打算怎麼做？」

該怎麼辦呢？拉維的提問，使哈迪斯陷入沉思。

差不多就在這一、兩天，吉兒就會追到這裡來了。雖然薩烏斯將軍他們拒絕交出神器，可能會引起一些紛爭，不過若是吉兒，毫無疑問能打贏並將災害降到最小。如果吉兒能阻止叛亂又拿到龍妃的神器，哈迪斯的目的就達成了。至於效忠皇叔的薩烏斯將軍今後將會如何，說實話，他一點也不想知道。

雖然他是那麼想的。

「……明明只要能宣示效忠皇帝陛下，說不定就能得救。」

「怎麼了，還在說那件事啊？」

哈迪斯忍不住喃喃自語，其中一名已是熟面孔的士兵笑道。哈迪斯一開始讓場面氣氛凝結的話，士兵大概習慣了，便笑笑聽過。

「沒關係，反正有新的帝國軍了不是嗎？」

「我們已經決定只聽從格奧爾格大人的命令，會和薩烏斯將軍共進退。」

每次一聽到那樣的回答，哈迪斯都會不禁皺起眉頭，但士兵們都會笑笑。

「別說那些了，今天這個麵包也很好吃喔。」

「也幫薩烏斯將軍留一份，等他接待完輔佐官大人和克雷托斯的客人一定會問：『今天的麵包在哪？』」

「奇怪，克雷托斯的客人最後還是到神殿了嗎？」

今天他準備搭從城堡往神殿的貨車時遭攔下，告訴他今天的麵包要送到城堡去，原來是因為這個原因啊。哈迪斯確認的提問讓士兵露出不悅的表情點點頭。

「是啊，輔佐官大人昨天強行執行這件事了。不過包含護衛和客人，來到神殿的有二十四個人，要對上人數有三千的帝國兵，是不需要警戒啦。」

「從克雷托斯來的客人是什麼樣的人？」

「不知道，不過看起來是貴族，因為他穿著上好的衣服。跟來的護衛全都是魔法師——」

一陣爆炸聲打斷了對話，城堡搖晃起來。全身感受到的強大魔力，讓哈迪斯抬起頭。

（喂，哈迪斯，現在的魔力難道是——）

在他回答拉維之前，四周的人開始騷動起來。

「怎麼了？是地震嗎？」

「喂，地板在發光……」

聽到驚恐的聲音，哈迪斯往下一看。有魔力在地面奔馳，描繪出數層魔法陣。

（是束縛魔法嗎？）

轉眼間，所有人如同遭閃電劈到般哀號起來。也有人立刻暈了過去。

籠罩整座城，是難度相當高的魔法。只有對魔力有抗性的人還勉強保有意識，但因為從腳遍布到身體的魔力攻擊，讓全身麻痺無法動彈。

哈迪斯瞇著眼跨出一步，踩在光所描繪出魔法陣的線上。

啪嚓一聲響起，魔法陣被解開。同時有個哀號聲響起，是施展這個術式的魔法師。應該是術式反彈受到了衝擊。

哈迪斯隨即借走身邊士兵的劍，踢向地面，刺穿魔法師的胸口。把劍擲向趁機要逃跑的另一名魔法師的頭部，直接斃命。

「麵……麵包店的，你……」

「這是來自克雷托斯的襲擊。」

哈迪斯如此斷言，所有人都倒抽一口氣。他踩過遭刺殺而死的魔法師的血跡，向旁邊的士兵詢問：

「留在城堡裡沒去神殿的克雷托斯魔法師有多少人？」

「只、只有這傢伙、和剛剛那個人……其、其他幾乎都在神殿。」

「薩烏斯將軍也在神殿吧？能跟上來的人就跟我走，留幾個人在這裡進行救護。首先要掌握現況。」

哈迪斯下了命令後就往外走，幾名士兵互看了彼此，便急忙跟上去。

「是、是那個客人攻擊的嗎？他們只有大概二十個人耶！」

「克雷托斯的魔法師一個人能對付數名對手是理所當然的，菁英等級的高級魔法師更是擁有足以擊潰整支軍隊的魔力喔。薩烏斯將軍應該有說過這種事吧？」

「喂，看那個！」

走到戶外，便看到往神殿的方向飄起煙霧，但不只是那樣而已。

是軍旗。不知是薩烏斯將軍帶去的，還是本來就有的旗子——代表拉維帝國軍的黑色底色的布面上，用深紅色的線繡出龍的圖騰。

宛如對圖騰做出否定般，一個大大的叉記號畫在軍旗上，高掛在神殿的上方。

「為、為什麼不是克雷托斯的軍旗啊？」

「因為克雷托斯來的是客人，不是軍隊。」

聽見哈迪斯的答案，士兵一副快哭出來的表情呢喃道：

「為、為了要讓人認為是我們在拉迪亞起義嗎……！」

「怎麼辦？這樣下去帝都會派帝國軍來鎮壓叛亂！明明實際上是克雷托斯的攻擊……！」

一個浮到上空中的魔法陣，無情地打斷士兵們的混亂與騷動。可能是想起稍早的魔法陣，所有人都靜止不動。

「那、那是什麼？」

「又、又是魔法嗎？難道要攻擊城鎮——」

「拉維，要上嘍！」

在拉維回答前，哈迪斯的手上已經出現天劍。他向地面一踢，打橫天劍刺出去。

大量的魔力光線持續往下垂落。每一擊雖然都不是很強，但範圍很廣。

沒擋下的攻擊落到城鎮的某個角落。哈迪斯咂嘴，擴大結界的範圍。

『哈迪斯，那只是威脅而已，不要使用過多魔力！』

他非常明白。不過是否受這一招壓制住，會影響接下來的士氣。

雖然多少會消耗魔力，但破壞魔法陣可能比較有效率。才剛那麼想，攻擊突然停止了。魔法陣像是發現目標似的轉換樣式。

（切換成對空的魔法了？）

於是在皺著眉的哈迪斯眼前，魔法陣開始朝城鎮外面進行攻擊。接著好像在追逐什麼東西般朝外攻擊。

『我感應到羅的氣息。』

拉維保持著天劍的型態由哈迪斯握在手中，如此告訴他。哈迪斯的嘴角上揚了。

「這麼說來，是我可愛的妻子來了？」

『不知道，那傢伙現在正為了給其他的龍下指示非常慌亂，叫我先不要跟牠說話。』

「還帶了其他的龍來啊？真不愧是我的妻子。」

只不過似乎無法輕易上演感動的重逢。哈迪斯重新踏入交織著驚嚇、恐懼與不安的城鎮中。

「沒、沒事吧？麵包店的……原、原來你有魔力啊……？」

看見從空中降落下來的哈迪斯，熟面孔的士兵手足無措地開口問道。哈迪斯凝視著失去魔力光輝的魔法陣，對他點點頭。

「嗯，只有一點點呢。剛剛城鎮的某處有攻擊落下來吧？你們去那邊幫忙吧。」

「我、我知道了。喂，幾個人跟我來！」

「麵、麵包店的，那個魔法陣正在攻擊什麼東西，外面有什麼嗎？」

「好像是用對空魔法正在攻擊城鎮外的龍。現在魔法已經變弱，應該不久後就會消失，只是又會重新施展新的魔法吧。」

「怎麼這樣～」這類的哀號聲此起彼落響起。

「假如受到那種東西攻擊，完全撐不住啊！」

「但是要施展那麼龐大的魔法，會相當消耗魔力。我想，施展那個魔法的魔法師，應該會有好幾天動彈不得吧。」

若像吉兒或哈迪斯擁有超乎常規的魔力量自然另當別論，然而一個人要維持魔法，魔力量是有極限的。

「你們說從克雷托斯一共來了二十四個人？城堡兩個人、如果這個魔法消失就是三個人，這麼說來剩下二十一個人。」

「剩、剩下二十一個人，你……」

「沒問題，只要能以物理量壓制就能對付。」

除了其中一個人，但這句話哈迪斯悄悄吞下肚，只是對他們笑著。唯獨剛剛神殿爆炸時產生的魔力遠遠勝過其他人。然而，光是對突如其來的襲擊與看到的魔法就已經讓士兵們感到退卻，說出不必要的事增加他們的恐懼，完全沒有任何意義。

「比起這些事，去和薩烏斯將軍會合吧。魔法師戰最基本的方式，就是消耗對方的魔力，或是找出弱點趁隙行動。只要好好擬定行動方式進行作戰，便有很大的機會獲勝——」

『神殿，我們占領了！』

一個高亢的聲音打斷了哈迪斯說的話。

「這、這次又是什麼？」

「是鳥，鳥在說話！這也是克雷托斯的魔法嗎？」

『投降吧，投降吧！緩衝時間是現在起二十四小時！』

樹上的小鳥、牆上並排的鴿子與小屋中的雞，在城鎮裡喊著一模一樣的話。

『帝國兵，放下武器投降吧！我們抓住薩烏斯將軍了！』

『在二十四小時內沒有投降，就會燒毀城鎮！也會殺掉全部居民！』

巨大的驚慌在士兵之間傳開，在城門前的大路上，居民也開始騷動起來。

『投降吧，逆賊們！你們是甕中鱉了！不會有救兵來！』

『無法離開城鎮！不投降就全殺掉！嘻嘻嘻嘻嘻……』

驚悚的笑聲結束時，小鳥們的頭全都炸開。高亢的尖叫聲揚起，孩子們都哭喊起來。士兵們無法停止震驚與混亂。

「薩、薩烏斯將軍被抓了……？」

「得、得去救他！先擬定救援作戰……」

「要怎麼救啊！應、應該先引導城鎮的居民避難比較好吧？」

「不行的，無法到外面去。你們看，有新的魔法施展出來了。」

當士兵們看向哈迪斯所指的方向時，露出了悲痛的表情。上空的魔法陣確實消失了，卻看見透明彎曲的薄膜包圍整座城鎮。是用魔力變出的牆。哈迪斯撿起小石子朝它丟過去，只聽到「啪擦」一聲，小石子變成炭灰崩落下來。

想離開城鎮會是什麼下場，看到這幕應該沒有人想嘗試了。

（煽動人們混亂與疑心疑鬼的手法真是熟練呢。）

再這樣下去，不是演變成居民拿起武器對付士兵們，就是沒有薩烏斯統領的士兵們虐殺居民了。而且龍妃的神器所在的神殿仍然遭到占領。

「要、要是我們不在二十四小時以內投降，城鎮就會被像剛剛的攻擊給……？」

「該怎麼做才好啊？薩烏斯將軍也不在！這樣下去——」

「都給我安靜！」

哈迪斯的怒吼，讓四周重回安靜。哈迪斯嘆口氣後，轉過身看著所有人。

「首先帶領居民到城堡的地下避難，或是躲進家裡的地下室，這樣能抵擋來自上空的攻擊。接著要掌握戰力，把所有還能行動的士兵都集中到城堡裡，還有武器也是。」

「但、但是、但是麵包店的，你……」

「現在還有時間囉嗦嗎？時限只有二十四小時，而且不知道敵人是否真的會等那麼久呢。」

「薩、薩烏斯將軍也不在，這樣擅自……」

「你們發下豪語，說要靠自己的力量從克雷托斯手中守護龍妃的神器，難道是假的？」

哈迪斯冷冷地一句話，讓士兵們不約而同倒抽了口氣。

「原來無論是格奧爾格、薩烏斯還是你們，都只會嘴巴說說而已啊。」

士兵們的眼神與表情都反射性地浮現怒意。看來還有反抗的力氣。

這真是太好了。哈迪斯嘆了氣，把手插在腰上。

「有什麼好慌張的，只要奪回龍妃的神殿，取下那面軍旗就好了啊。但得趕在帝都派來的軍隊抵達，把你們當逆賊處決之前完成。」

「不、不要說得好像自己很懂啊，麵包店的！你知道那有多……！」

「而且救兵就在不遠處。」

對空魔法會朝向外面進行那麼強烈的攻擊，正是因為有騎著龍朝這裡飛來的集團出現。

「還是你們怕死，打算投降呢？薩烏斯將軍應該還活著。不過照這樣下去，就會按照克雷托斯的計畫，他會被當成叛亂軍的主謀者告終吧。」

「不、不能讓那種事發生！」

「啊啊是嗎？那就趕快把時間跟腦袋用在思考怎麼更有效地運用自己那條命吧——你們也不想被自己最討厭的皇帝嘲笑後再受他處決吧？」

彷彿要挑戰笑著的哈迪斯，士兵們的表情一變。「來做吧」鼓舞彼此的聲音此起彼落響起。

雖然也摻雜了一點自暴自棄的心態，也得維持住這股士氣。哈迪斯也必須在魔力還沒恢復到一半的狀態下，保護這座城市與龍妃的神器。

（我要親手讓吉兒成為龍妃。）

不過若是在吉兒來到這裡前，城鎮與神器都遭受克雷托斯的蹂躪，就不是開玩笑的了。

「那麼，我需要有人負責傳令，能與外面的救兵取得聯繫比較好。」

「麵、麵包店的……你剛剛開始一直在說的救兵是指誰？」

「不是龍妃，就是里斯提亞德第二皇子吧？應該沒錯。」

驚訝地竊竊私語聲傳了開來。熟面孔的士兵慌張地問道：

「這、這這這、這是怎麼回事？」

「需要先做確認。不過，就算我讓自己的魔力和那面魔法牆同頻，可以讓人出去，出去的人還是可能會受到攻擊。簡單來說，去傳令可能會死。」
「啥？」
「我當然還是會保護他，但沒辦法保證不會死。現在，誰想先去送死？」
看著笑咪咪的哈迪斯，士兵們表情僵硬地吞下口水。眼前這幕讓哈迪斯失去笑容並咂嘴。
「真是不中用的一群人。那就算了，你們就在成為絆腳石前死在這裡吧。不如由我來殺。」
「我、我來做！」
「不，請讓我來吧！」
看到他們一個一個舉起手，哈迪斯聳聳肩膀。既然要做，真希望他們早點拿出幹勁。
接下來要怎麼利用這些人呢？熟面孔的士兵從沉思的哈迪斯身旁問話：
「麵、麵包店的……我從剛剛開始就很好奇，你那把劍，請問——是從哪裡來的呢？」
被他一問才發現天劍忘了收起來。察覺這件事的哈迪斯開始裝傻。
「不知道耶，好像是在哪裡撿到的吧。」
『居然這麼說，哈迪斯你這傢伙！這時候應該要表明自己是龍帝才對呀！』
「我只是麵包店的人喔。」
哈迪斯淺淺一笑，讓熟面孔的士兵全身發抖，只生硬地對他點點頭回道：「這樣啊。」

里斯提亞德在與拉迪亞稍微有一段距離的村莊中，從龍身上下來。村裡的人看到金眼的紅龍——布倫希爾德，對他們非常友善，甚至將村裡其中一間用磚瓦建造的建築物借給他們。雖然士兵們與村裡的居民都很在意拉迪亞的狀況，但里斯提亞德說現在休息比較重要，讓大家先休息。

裡面有個很簡陋的房間，只有一張稍大的桌子以及椅子，里斯提亞德讓吉兒看了克雷托斯王國送來的書信，兩人交換並討論彼此的情報。當里斯提亞德聽見哈迪斯說要開麵包店而前往拉迪亞時，一度要暈過去，里斯提亞德還是把自己離開帝都後的行動都清楚地告訴吉兒。於是吉兒彙整了所有情報。

「也就是現在的狀況是這樣吧。克雷托斯軍護衛著想前往拉迪亞觀光的貴族，所以在萊勒薩茨領地這件事是事實。而萊勒薩茨公爵販售大量的食物與武器到拉迪亞領地這件事也是事實。」

「沒錯。只不過，我的外祖父大人——萊勒薩茨公爵為了探究拉迪亞的內情，有透過商人獲得了情報。結果得知的狀況是，薩烏斯將軍率領的帝國軍確實在拉迪亞集結了，可是居民們都異口同聲地說，他們是為了從克雷托斯手中保護龍妃的神器而來。還有，確實也有看起來像是軍隊的人物，從克雷托斯來到我們的領地。」

究竟是怎麼回事呢？身為三公爵的其中一人兼里斯提亞德的外祖父萊勒薩茨公爵，因為判斷不能不小心刺激到對方，並沒有將自己全部知道的詳情向帝都報告。反而讓同樣關注著拉迪亞動向的諾以特拉爾公爵產生懷疑。事情過程大約是這樣。

「而且諾以特拉爾公爵有收到來自輔佐官的祕密陳情，內容是城鎮遭薩烏斯將軍占據，並且因為那件事有萊勒薩茨公爵支援，自己無法採取任何行動。雖然那個輔佐官是個以見風轉舵很出名的人，一般而言應該誰也不會聽信他的話，可是諾以特拉爾公爵和艾琳西雅皇姊性格很類似，為人過於善良……」

因為他做出「對方看起來很困擾，不如先向帝都報告」的判斷，將事情告訴了維賽爾，造成里斯提亞德在帝都遭到軟禁。

「我以防萬一向他做說明，他非常震驚，也約定好會協助洗清我和萊勒薩茨公爵的嫌疑。他對於掌握以狡猾著名的萊勒薩茨公爵的動向，直覺確實非常敏銳，不過作風傳統的諾以特拉爾公爵家，在決策行動這方面實在非常非常不拿手……」

「但是在前天，克雷托斯軍撤離了萊勒薩茨領地。就像這封書信寫的……」

吉兒再次把眼光放到桌上的書信。隔著桌子與她對坐的里斯提亞德嘆著氣點點頭。

「上面有蓋克雷托斯的國璽，所以偽造的可能性極低。不過以防萬一，還是希望妳能確認能看出是不是王太子的筆跡嗎？」

「署名是他的筆跡沒錯，但書信內容是勞倫斯寫的。」

兩者都是她曾見過的筆跡，吉兒簡要地回答。書信的內容很簡單。

——於拉維帝國駐紮的克雷托斯軍即刻歸國。另奉王太子傑拉爾德・迪亞・克雷托斯之命，於書信抵達時不在當地者，將其留下歸國亦不予究責。

「不在當地者是指去拉迪亞觀光的貴族吧？」

「應該沒錯。而他們給我們的書信是這樣寫的。」

里斯提亞德抽出疊在底下的第二張書信。

——克雷托斯軍出航以後，於拉維帝國拉迪亞大公領地內發生之騷動，概與克雷托斯王國無關。針對其關係者的處置，全由龍帝哈迪斯・提歐斯・拉維皇帝陛下以及龍妃吉兒・薩威爾小姐斟酌判斷。

「……看過這封書信後，里斯提亞德殿下認為被留下的那個貴人——克雷托斯來的客人，可能是為了想做某件事才到拉迪亞的吧？」

「是啊，不管怎麼看都像在警告我們，這受邀到拉迪亞的客人有某種企圖。而且說來也是，寫這封書信的就是那時候的隨從啊……讓他搶先一步了。」

假皇帝騷動時，里斯提亞德和勞倫斯一起行動過，所以應該很清楚他「看起來只有追一隻兔子，實際上目標卻可能有五隻」的這種性格。吉兒也點點頭。

「恐怕原本有打算在拉迪亞引發叛亂，好削減我們的國力，但是因為被發現所以要假裝沒這件事，朝切割客人的方向進行吧。還以為他們的目標是龍妃的神器呢……難道是放棄了？」

「背後應該有什麼隱情吧，從內容來看，完全是在挑釁我們。」

「咦？有那麼嚴重嗎？」

里斯提亞德皺起眉頭，指著第二封書信的某處。

「妳沒發現嗎？妳的名字以龍妃之稱寫在上面吧？」

「啊，對……」

「克雷托斯王國承認妳是龍妃了，所以拉維帝國不能無視這件事。」

「哦。」吉兒無關緊要地應了聲。

「意思就是妳是龍妃這件事，由克雷托斯王國承認了。」

「咦……那、那麼我……能正式成為龍妃嗎？」

「不是能不能成為龍妃的問題，妳就是龍妃！這是在哈迪斯選上妳，在妳受到龍神拉維祝福的那刻起就決定好的事！就算妳是克雷托斯出身也一樣！」

里斯提亞德難得語調那麼激動。他瞪著惱人的書信，並用手指頭敲著它。

「這等於從旁插嘴：『就讓我克雷托斯來承認這件事吧』的意思！他們以為自己是誰啊！」

「啊，原來如此……有那種意思……」

「聽好，為了要讓這件事跟那些傢伙承認與否無關，必須有龍妃的神器！只要持有它的人就是龍妃，這在拉維帝國是理所當然的事。」

意思就是，龍妃若是因為受到克雷托斯承認之下才誕生，拉維帝國的立場會很沒面子。

「總而言之，拉迪亞發生的事，必定得由拉維帝國來解決的意思嘍……」

「沒錯，萬一不幸弄丟龍妃的神器，就會變成像是由克雷托斯賞給我們一個龍妃一樣了！」

對政治事務很遲鈍的吉兒，終於理解到這件事關乎國家的面子問題。但同時她的肩膀很快便垂了下來。

「看來勞倫斯也預測到這些了呢。」

「應該是吧。如果想主張龍妃是在拉維帝國出現，我們就要自己解決麻煩事。若解決不了，那麼克雷托斯王國就會嘲笑我們說要賜一個龍妃來。就是用這種方式擺明找麻煩！」

真不愧是奉「對手討厭的事就要率先執行」為信條的勞倫斯。

「不過，我們該做什麼事非常明確倒是件好事。奪回拉迪亞吧。如果維賽爾殿下知道這封書信，不知道又會怎麼做。」

「就是啊，既然克雷托斯利用妳，說要賜我們龍妃來挑釁，他一定會想盡辦法把妳除掉。真是內憂外患……！」

「更重要的是，照這情形下去，在拉迪亞裡的那些人會被當成叛亂軍而受到處決，這讓人於心不忍。」

聽到吉兒那麼說，氣憤的里斯提亞德放下聳起的肩膀深呼吸後點點頭。

「他們徹底遭到利用了……雖然不知道哈迪斯會怎麼判斷……」

「如果是陛下，跟他說明一定會理解的。」

「只是，依狀況而定，事情也有可能會按照維賽爾安排的方式發展……維賽爾總是會讓事情有利於哈迪斯，所以哈迪斯也很信任維賽爾。那個警戒心那麼強的哈迪斯，唯獨對維賽爾沒有任何疑心。」

里斯提亞德的語氣中似乎帶著一股不甘心，並且垂下視線。

「應該有一些只有那兩個人才知道的事情吧，而我不知道那是什麼。」

「里斯提亞德殿下……」

「……反正應該不是什麼好事。」

為了不讓吉兒擔心，里斯提亞德輕輕地對她露出笑容，吉兒把視線往下。她的腦海裡浮現的是當哈迪斯在知道某件事後，過來質問的那個眼神，以及譴責周遭的語氣。

——是啊，雖然不想承認，但維賽爾和未來的哈迪斯有點相似。

「我也多少能夠理解里斯提亞德殿下說的話。不過您知道嗎？陛下經常會說起里斯提亞德殿下的事喔。」

「我能想像，八成都是在抱怨吧？」

「對。今天皇兄做了這個做了那個、好過分好囉嗦、我已經受夠了。可是直到不久前，陛下還完全不會聊起手足的事情。」

里斯提亞德的眼睛稍微睜大了些。

「里斯提亞德殿下對陛下而言，確實是他其中一個哥哥，和維賽爾殿下一樣喔。」

里斯提亞德不知為何皺緊眉頭苦惱一陣後，才誇張地嘆了口氣。

「別把那個人跟我並列在一起。算了，拿他沒辦法。」

「就是啊，陛下是個讓人拿他沒辦法的人，因為他是個為了開麵包店就去拉迪亞的人呢。」

那件事讓維賽爾也目瞪口呆。里斯提亞德一副疲累不已的樣子。

「真受不了那個笨蛋……為什麼會有那種想法。」

「不過，陛下改變了。說不定會幫助拉迪亞的士兵——」

「里斯提亞德殿下、龍妃殿下！有傳令兵從拉迪亞來到這裡！」

吉兒與里斯提亞德同時踢開椅子站起來。里斯提亞德先問道：

「身分是真的嗎？」

「已經向龍妃殿下帶來的帝國兵確認過了！那個人是薩烏斯將軍麾下的前帝國兵沒有錯。另外，那個——他說是麵包店的傳令……」

是真的。里斯提亞德趴在桌子上呻吟著。

「那、那個笨蛋難道，真的在拉迪亞開麵包店嗎……？」

「不過是陛下傳來的命令喔！立刻讓他進來！有話問他！」

士兵向如此喊道的吉兒敬禮。

——於是，針對傳令兵所傳達的內容與作戰，吉兒與里斯提亞德兩人趴在桌上討論起來。

「那麼再確認一次作戰內容。」

距離克雷托斯所提出二十四小時的緩衝時限只剩下十小時。完成所有準備工作的哈迪斯，看著眼前這些在日期轉換的時間點，趁黑夜集合的士兵們。

「作戰開始時間是距離現在大約三小時後。為了擊落往城鎮飛來的龍，那個魔法牆會開始攻擊，以那個攻擊當作暗號，首先要進入神殿，因為神殿很小，進路與退路都要熟記在腦袋裡。隊伍共有四支，首先，第一部隊要去救出你們很重要的薩烏斯將軍。」

哈迪斯在所有人面前豎起第二根手指。

「第二部隊要保護城堡和城鎮。對方的注意力一開始應該會分散，一旦察覺神殿遭到攻入，可能就會攻擊城鎮。就算被魔法攻擊也不要驚慌，記得躲在遮蔽處！居民都到地下避難了，所以沒有必要阻止城鎮的破壞。」

人命最優先。沒有人反對。

「來複習對上魔法師的作戰吧。對方一定會躲在某個地方進行大範圍攻擊。如果被包圍住就輸了，所以遭受攻擊時要保持冷靜、密切合作，澈底找出魔法師的藏身處。絕對不能忘記這點，魔法師不會一個人單獨行動。」

克雷托斯的軍人魔法師就會那樣行動。這次的客人是貴族，那麼他帶來的護衛，應該也受過接近正規軍人所受的訓練。事實就是，在城堡施展束縛魔法時的魔法師也是兩個人。

「按照這次的人數判斷，我認為他們是兩人一組行動。應該有施展包圍城鎮的魔法並維持它的人和保護施術者當輔助的人。當找到其中一人時，不要立刻衝上去，找到他們時再所有人一起上前揍人！總之揍就對了！人數上是我們有優勢，只要能夠掌握位置，不要給他們反擊機會就一定會贏。」

這是一個完全不靠智取，而是以量取勝的作戰。他認為那是個拖延戰術，接著豎起了第三根指頭。

「第三部隊是後方支援。魔力牆壁消失後，就要引導居民避難。外面的救兵過來後，就聽從那邊的指示。啊啊，如果薩烏斯將軍能行動，第一部隊就聽薩烏斯將軍的指揮喔。」

接著，他豎起最後的第四根手指。

「最後是第四部隊。這是一支死亡機率最高、負責清掃垃圾的部隊。」

士兵們沒有任何反對，也沒有一點驚慌。看來都已有所覺悟，是件好事。多虧如此，居民也沒有發生任何暴動。

「這支部隊要和我一起去神殿攻擊裡面的主將，踹倒那支瞧不起人的軍旗。只有這樣而已，很簡單的工作吧？」

士兵整齊又有氣勢地回應他。哈迪斯意氣風發地笑了，環視周圍一圈。

「很好的氣勢，那麼一起努力吧！你們是保護國家的優秀軍人，要死也要光榮地死去。」

「我們龍騎士團要突破包圍拉迪亞城鎮的魔法牆，並且去救助居民！」

廣場上燃燒著的篝火旁，里斯提亞德凜然地提高音量說道，在他面前聚集的是他所創立的龍騎士團成員。他們是在假皇帝騷動時，都有參加救援哈迪斯作戰的成員。「真是一直受到他們的照顧」吉兒在里斯提亞德的身邊閃過這樣的念頭。

「同時，我們也是為了龍妃的部隊能夠潛入神殿的誘餌，盡可能四處飛得愈久愈好，讓他們消耗魔力！對手是克雷托斯的對空魔法，試身手剛剛好。大家都不要被擊落了！」

「我們會繞路從神殿的後方進入，去取得龍妃的神器。羅，拜託你了。」

吉兒抱在懷中的羅鳴叫了一聲。

「里斯提亞德殿下，任務很危險，但麻煩您了。」

吉兒的部隊成員只能靠羅才能飛行，所以進行了這樣的工作分配。里斯提亞德從鼻子哼了一聲，低頭看吉兒。

「少侮辱人了，我要利用這場戰鬥讓克雷托斯知道，拉維帝國的菁英龍騎士團不是皇姊率領的諾以特拉爾龍騎士團，而是我的龍騎士團。」

吉兒聽見他可靠的宣示並向他握手後，接著轉身走到村莊外。因為羅所指揮的是野生的龍，得到村莊外召喚牠們。

「請、請問！」

吉兒剛從圍住村莊的石造圍牆走出來，有個聲音叫住她。是為了傳令騎馬趕來的兩名士兵。

「龍妃閣下！能不能讓我們也加入您們的部隊呢？」

「沒、沒問題的，只是騎馬稍微趕了點路而已……而且這種情況下也沒辦法休息。」

吉兒停下腳步問道：

「你們不去休息沒關係嗎？」

吉兒皺起眉頭，轉身面向他們兩人。

「既然你們並不承認龍帝，那麼我應該也不是龍妃吧？」

所以才稱她為龍妃「閣下」而非「殿下」。聽到吉兒指出的問題，士兵縮起了下巴。

「而且對你們而言，我應該是仇人。」

「……」

「我們的目的並不是為了救薩烏斯將軍，而是為了排除想奪走龍妃神器的敵人。如果情況不允許，是會捨棄他的。」

「——我們明白！但是我們的同伴們都還在拉迪亞，而且打算奮戰！」

「還有就是……其實我們很在意那個麵包店的到底是什麼人！」

吉兒的臉頰抽了一下。她懷中的羅「啾」地一聲歪著頭。

「薩烏斯將軍被抓時，領導了驚慌失措的我們，要我們找救兵和逃跑的就是麵包店的，現在他也應該正領導著其他士兵。我們身為軍人，不能交給麵包店的去奮戰，自己卻逃走！」

「薩烏斯將軍本人有覺悟要為了大義而死，但是麵包店的不一樣，不能光把事情交給他，自己沒去幫忙而害他死去……若真有那種時候，我們就真的成了逆賊。」

「薩烏斯將軍也會很生氣吧……因為將軍好像很看重他。那個麵包店的毫無顧忌地對我們說去向皇帝下跪臣服。」

每次聽到他們叫麵包店的，吉兒的臉頰就會抽動而且無法回話。但那兩人的眼神是認真的。

「我們能夠騎乘龍，技術不會輸給里斯提亞德殿下的龍騎士！」

「龍妃閣下的部隊中，不熟悉操縱龍的人很多，但是我們就算是騎乘野生的龍，還是能夠讓牠們順利飛行！一定能幫上您的忙！」

實際上，並沒有任何需要猶豫的理由，就算只是多一個人，吉兒也希望能增加戰力。哈迪斯與吉兒的魔力都只恢復大約一半，憑這樣的力量要與在神殿的「貴族」交戰，其實相當不放心。

「……我明白了。只不過！我是指揮官，假如違反命令你們知道下場吧？」

兩人喊了：「是！」姿勢標準地敬禮回應。

「另外還有一件事，我有條件。要是沒辦法接受，就不能跟我一起去。」

「請、請問是什麼呢？」

「其實，那個麵包店的就是龍帝。」

兩人吃驚的表情宛如目瞪口呆的標準示範。雖然明白他們的心情，卻不知為何露出了笑容。

沒錯，他們口中喊的麵包店就是龍帝。

這個國家的皇帝陛下。

「即便如此你們也願意去幫他，就跟我走。」

吉兒轉過身邁步，身後傳來驚訝不已的聲音。

「什麼？嗯？麵包店的是皇帝？為什麼皇帝是麵包店的？」

「開、開開開玩笑的吧？不對，好像有看到像是天劍……的東西……」

「為、為什麼我們一直沒發現啊！那是敵人的長相耶，是格奧爾格大人的仇人！」

「不，一般人不會想到皇帝是麵包店的人啊！皇帝的麵包很好吃耶！」

「確實很好吃，因為他是龍帝的關係嗎？」

因為過於錯亂，他們的對話變得很奇怪。但是那兩人有與吉兒一起去幫哈迪斯的意思。吉兒邊走邊笑了起來。

「我的陛下果然還是很帥氣。」

他是天生的龍帝。拉維好像說過類似這樣的話，完全正確。

「啾。」

羅一副自傲的樣子挺起胸膛。這孩子也是，從出生就是天生的龍王。所以即使是野生的龍，被牠叫喚過來也都乖乖聚在一起等著。

哈迪斯與羅應該都沒有期待自己以這樣的身分出生，但是都成為了現在的身分。

吉兒抱著羅騎到裝好鞍具的綠龍身上飛起來。哈迪斯交給吉兒的作戰單純又明快。取得龍妃的神器，並從克雷托斯的魔爪中解救那座城市。

——我會讓妳成為龍妃。

哈迪斯不會違背獻給吉兒的誓言。

剛剛的兩名士兵，已經在和認識的人談話，開始進行上陣的準備。因此不知從何處飛來的兩頭龍從天空中降落下來。吉兒以驚訝又陶醉的眼神注視哈迪斯的日子就要到了。

「不過，我還在生氣喔，要用神器揍陛下。」

「啾！」

來吧，龍帝陛下，把脖子洗乾淨等著。

吉兒抬頭看向夜空喊道：

「作戰開始！目標是龍妃的神殿！」

爆炸聲響起。他從神殿的簡陋床鋪起身後打了一個呵欠，因為正等著會發生什麼令人期待的事，所以不需要換裝。

（從外面來的攻擊啊，大概是察覺異樣的諾以特拉爾公爵行動了，動作真快。）

不過，由艾琳西雅皇女所率領被稱為菁英的龍騎士團在帝都，萊勒薩茨公爵應該也無法把注意力從魯弗斯留在當地的克雷托斯軍身上移開才對。他帶來的魔法師與魔法屏障應該足以對付這裡的戰力。出去應該也很無趣。
就在他打算再回去睡一覺，重新拿起被單的時候……
為了以防萬一而在神殿展開的結界在瞬間消散了。全身感應到的魔力，頓時讓他睡意全消。整座神殿大幅度搖晃，他也從床上滑落下來。
「魯佛斯大人，看來那些人選擇抗戰。已經有士兵入侵到神殿裡，請問要怎麼處理？」
「啊啊，我出去吧。」
幫他打開寢室門的護衛，從斗篷帽下露出不可思議的表情。
「你沒察覺嗎？剛剛有個很強大的力量。」
「……非常抱歉，我沒有感應到。只知道結界遭到破壞……」
「不，沒關係的，那是很厲害的對手。我也是到剛剛那瞬間才察覺呢。」
回想起來，在城堡的束縛魔法失敗、一開始對城鎮進行攻擊時受到阻撓，都可能是因為剛剛那股魔力的主人。帝國兵再怎麼腐敗也還是帝國兵，擁有能夠對付魔法的士兵並不奇怪，這點不至於讓人起疑，但應該是一直潛伏到現在才出現吧。
那是為了在一瞬間彰顯自己的存在而展現出的力量。說著「來吧」的挑釁。
（一定是個傲慢的男人。啊啊，終於能見到你了嗎——真正的龍帝。）
魯佛斯的嘴角浮現邪惡扭曲的笑容。

兩名魔法師遭最開始的一擊彈飛，因為地面的晃動，打壞整個結界與厚重的門。第一部隊發出吼叫聲，湧入關著薩烏斯將軍的地下，第四部隊則從哈迪斯身後突襲衝入神殿中央。

「全軍，向前衝！要先找出魔法師！」

即使沒有魔力，人數那麼多卻沒有辦法做出點成果，不如不要稱自己為帝國軍。他帶著那樣的想法喊完，卻忽然一陣暈眩。熟面孔的士兵緊張地扶住腳步不穩的哈迪斯。

「請、請問你沒事吧？麵包店的！」

禮貌的語氣和稱呼太矛盾了，如此心想的哈迪斯揮揮手。

「不必對我使用敬語沒關係喔。我沒事，只是因為使用了魔力又沒睡造成的影響。」

「沒、沒睡……說、說得也是。咦，但現在這種狀況下能睡嗎？」

「不能睡，因為你們太無能。」

忍不住說出真心話了。

「還有吃的食物也不好消化，這麼說來，我也沒喝湯藥……」

「你……你還是休息吧？」

「假如我休息，所有人都會死的。」

彷彿應證了哈迪斯的回答，牆壁另一邊出現爆炸，慘叫聲響起，有數人壓在瓦礫下。哈迪斯咂嘴打算前去處裡，在他準備揮劍時有人喊道：

「找到了，在上面，牆壁上和屋頂上！快追，別讓他們逃了！」

「不要怕，所有人都上！」

「相信麵包店的！」

指示能發揮效用是很好，然而最後一句話感覺非常不和諧。正當他看著這一切時，有個體型壯碩的士兵向攙扶哈迪斯的士兵問道：

「喂，麵包店大人怎麼了？難道遭到敵人攻擊了嗎？」

「不，不是。不過他好像太累了。抱歉，光是靠你們找。」

「抱歉，你需要再撐一下。你要是現在倒下，會影響士氣。」

聽到攙扶哈迪斯肩膀的士兵說道，讓他一楞。但體型壯碩的士兵也從另一邊支撐起哈迪斯。

「……只要照指示去做就可以了，而且找到薩烏斯將軍，就沒我的事了吧？」

「或許是這樣，但是我們現在需要你。」

哈迪斯訝異地眨眨眼，士兵避開他的視線說道：

「你待在麵包店真是太可惜了呢，怎麼樣，要不要現在開始追隨我們啊？」

「別開玩笑了，麵包店的是皇帝派的人。」

「啊啊，我都忘了。但你卻幫我們反皇帝派的人……你人真是太好了啊。」

哈迪斯有生以來被別人那麼說。大概是因為那樣，他冒出了像是藉口的說詞。

「……我畢竟受了老婆婆很多照顧。」

察覺到要打仗的老婆婆，握著哈迪斯的手為他擔心，還拿了麵包叫他要記得吃。哈迪斯很喜歡那個麵包，是他無法模仿出來的質樸味道。

「城鎮裡的人……也都非常，擔心我……」

對不起、謝謝、麻煩了、拜託你。那些曾經對他說過的話，不知道為何在此時，隨著神殿地下的爆炸聲同時響起。他心想著，聽那爆炸聲，如果被炸到不可能平安無事。

「而且如果把你們拋下，我的妻子一定會對我很失望……」

「原來你有老婆啊！那就得回家才行了。」

「放、放心吧，就算賭上我的命也會讓你平安回家。」

要為了自己賭上性命啊。哈迪斯對於支撐著自己肩膀的人感到不可思議。

「魔法師第十七個人身負重傷了！剩下的也全都在搜尋他們的位置，或是正在跟蹤中！」

「第四部隊的傷亡，負傷者七十六名，死者二十八名！」

聽到那些對自己的報告，哈迪斯等了一下才抬起頭。

「立刻讓負傷者撤退，剩下的戰力還足夠。」

「是。」

「找到薩烏斯將軍了！他沒事！」

一陣歡呼聲響起。哈迪斯吸了一口氣，輕輕推了推把肩膀借給他的那兩人的背。

「那我的工作就到這裡結束。第四部隊也聽從薩烏斯將軍的指示，從城鎮撤退吧。」

「你說到這裡結束，麵包店的，你要做什麼？」

「還剩下棘手的要處理。你們快點撤退吧，不然會死的。」

「麵包店的。」

哈迪斯轉過頭看向喊他的聲音。是薩烏斯。

明明還過不到一天，他的臉上長滿鬍渣，一副精疲力竭的樣子，不過看來倒沒有生命上的危險，雖然借助士兵的肩膀使力，還是能靠自己的雙腳走路。

——只不過，少了右手臂。

「我聽士兵說了。謝謝你出手相救，我也是……士兵們也是……」

哈迪斯無法回話。薩烏斯順著哈迪斯與士兵們的視線，發現大家的視線方向落在自己原本是右手臂的位置，於是苦笑著回答：

「是因為最開始的那一擊呢。雖然我並沒有放鬆警戒，不過對手是個大人物。神殿中原本有五百人的士兵，在那一瞬間都成了屍體。那個人是——克雷托斯的南國王。」

原本有點亢奮的氣氛，轉眼間再次靜默下來。哈迪斯用下巴往神殿出口的方向指去。

「你快點去療傷比較好，如果感染破傷風之類的，可是會沒命的。」

「你聽到對方是南國王也沒有感到驚訝啊……麵包店的，為什麼要救我們？」

聽到彷彿責問的問話方式，哈迪斯皺起了眉頭。薩烏斯的左手握起拳頭，像是下定某個決心似的抬起頭。

「你是龍帝吧！」

「沒錯，你就是龍帝！」

有一道魔力的光從頭上而來，瞄準薩烏斯飛去。

哈迪斯抓住薩烏斯的肩膀往後拉，用天劍直接接住那道攻擊。

四處飛散的魔力射向神殿的柱子、貫穿牆壁，於是天花板開始崩落了。和士兵一起摔在地上的薩烏斯，啞口無言地看著這一幕呢喃著：

「天、天劍……」

「快點逃，快走！」

「為什麼……為什麼要救我們！」

那問題現在很重要嗎？哈迪斯忍住想咂嘴的衝動，怒吼回道：

「問個不停真是囉嗦啊，這裡是我的國家！保護你們有什麼問題！」

「說得非常正確，能選擇想破壞什麼或想守護什麼的人就是王！」

攻擊的威力變強，魔力在哈迪斯眼前爆炸。雖然避免受到直接攻擊，但不知從哪飛來的碎片仍劃破了哈迪斯的臉頰，滲出血來。

「麵、麵包店的！」

「別叫了，都叫你們快點撤退，別礙事——！」

他逐漸習慣這個稱呼了。在回完話之前，從死角傳來攻擊。這次他來不及接住，攻擊的氣勢直接貫穿神殿的牆壁，他被打到上空中。才剛這麼認為，從上方立刻傳來另一道攻擊。

儘管擋下了攻擊，但無法及時落地，他的背撞上城鎮中建築物的牆壁，接著滑落到地上。

『哈迪斯，要是在意牽連到其他人就會輸給那傢伙喔。』

他非常明白，不過城鎮的居民還沒完成避難。而且他希望盡可能減少周圍的災害，在吉兒拿到龍妃的神器前拖住對手，並打倒他。

（啊啊，有家室的人真的好辛苦。）

要做的事太多了。哈迪斯吐掉口中受傷流出的血，然後站了起來。
「剛剛那幾招真是讓我開了眼界。沒錯，這個國家就是你的玩具呢。」
一個第一次見到的男人飄浮在即將黎明的夜空中。那是一個穿著打扮整潔的壯年男性。長相的輪廓氣質宛如王子殿下，手放在胸前行禮的模樣也非常優雅。
「初次見面，龍帝小弟。能見到你真是榮幸，知道我是誰嗎？」
「我沒興趣。」
哈迪斯冷冷地回答，並舉起天劍。那男人笑得很奇怪，做作地撥起瀏海。
「真佩服，正牌貨說的話就是不同。不過你那麼冷漠我會很難過，我們不是從出生起就是彼此宿命的夥伴嗎？」
那雙在金髮瀏海下的黑色眼瞳閃爍著可怕的光輝。那是顏色如月光般的金髮，以及黑曜石般的眼瞳。克雷托斯的王子——哥哥出生時一定會擁有的配色。
與龍帝的髮色和瞳色相反，是女神的守護者。
「我們好好相處吧。我是龍帝的替身，代替你承受服侍女神的義務，是個可憐的冒牌貨。」
帶著鮮血氣味的風吹著哈迪斯的黑色髮絲，他眯起金色眼瞳，高舉天劍。
——不必跟著我一起死。
抬起頭看到上空的銀色魔力開始互相碰撞時，薩烏斯想起了以前主君曾經對他說過的話。

——不管是什麼形式，都要保住國家。在我戰敗後，第一個擔心的就是拉迪亞，如果龍妃出現的事是真的，龍妃的神器應該就會在神殿顯現吧。從我不在人世的那瞬間起，克雷托斯就可能會趁機奪取。只是也不知道交給傳聞中的龍妃是否比較好。

真希望他不要把自己會戰敗的事說得那麼理所當然。不過那個人正是因為完全接受這件事，才把舉旗反叛的理由明白告訴薩烏斯。

包含現在的拉維皇族，可能不能稱為拉維皇族的事，還有手上的天劍是從克雷托斯那裡偷偷拿到的贗品的事。

即使如此為了守護從過去直到未來的拉維帝國，就算後世會譏笑他為愚蠢之人也有所覺悟，格奧爾格・提歐斯・拉維決定挺身而出。

守護祖國與家族。自己與士兵們就是受這份忠貞不二的心思感動而追隨他。

您才是我們的龍帝，是我們的祖國。自己是懷著這份心情追隨他的。

——如果我輸了，而龍帝贏了……

都說了不想聽這些話。

——如果你認同那個龍帝是拉維皇帝的那天到來，你想保護他的那天到來……

那種事才不可能發生。

——要忍辱負重，即使遭恥笑是背叛者，也要向他效忠。因為那表示新的拉維帝國與應該守護的祖國就在他身上。

會有那麼想的那一天，千萬不要到來。

「薩烏斯將軍……那個，麵包店的是……」

千萬別讓我認為他是真正的龍帝，千萬別讓我對他下跪臣服。

光輝有如黎明般閃耀，那股保護自己與大家的力量過於耀眼，令人淚水直流。

那眼淚既是敗北，也是追悼，更是希望。

「你就是薩烏斯將軍吧？」

一個年紀幼小的少女聲音，讓他回神。當薩烏斯轉過頭，少女看見他的臉，似乎稍微吃了一驚，他立刻恢復表情。少女有一頭宛如太陽光芒般明亮的金髮，以及眼神凜然的紫色眼瞳。無論怎麼看都是一名可愛的女孩，卻一點破綻也沒有。

在少女報上名號前，他的感受便先讓他理解了。這個人就是傳聞中的龍妃。

「為了保護陛下，我要去取龍妃的神器。」

她看著薩烏斯的眼神一點也不膽怯，不如說還有點帶著挑戰地開口問道：

「你打算怎麼做？」

「怎麼做……我們非常明白自己的立場。」

少女凝視了薩烏斯的臉之後，突然露出可愛的笑臉。

「我的陛下很帥氣吧？」

當大家愣住時，「啾」地一聲，一頭小龍從少女背後探頭出來。士兵發現後腿都軟了。

「金、金眼的，黑龍……！」

「不、不會吧？為什麼龍王會是這副模樣？」

「羅，你要留在這裡嗎？我會過去喔。」

「啾。」

「這樣啊。」少女點點頭回答牠，接著轉過身。薩烏斯趕緊叫住她。

「喂、喂，妳打算把牠放在這裡嗎？很危險啊！」

「那就請你們好好保護牠，因為那孩子不會飛。」

她乾脆地回答道，薩烏斯再次張著嘴呆愣在原地。旁邊所有人也一樣。

然而少女頭也不回地，直直往神殿深處跑去。

不會飛的幼龍搖搖晃晃地靠近，睜著圓滾滾的大眼睛看向所有人。

（年紀好小。）

那個少女和剛剛那個皇帝都是，年紀都還很小。不好好保護，他們都會死的。

消失的右手臂處疼痛不已。自己應該已經無法以軍人的身分行動了，這裡將會成為自己最後的一線戰場了吧。

「……還有拉維帝國的軍旗吧？唯獨想弄倒那面瞧不起人的軍旗啊。」

所有人都領悟並向他敬禮回應。腳邊的金眼黑龍發出「嗚啾」一聲，像是在笑一樣。

在神殿深處。吉兒甩開背上一陣陣麻刺的戰鬥氣息奔跑著。不可思議的是她竟然沒有迷路，即便沒有金色戒指，她還是知道方向。

吉兒一路到這裡幾乎沒有經歷戰鬥，體力與魔力都很充沛。然而她很清楚無法戰勝對方，哈迪斯只是壓制那個對手就費盡全力。

（如果武器不夠強，只要一擊就完蛋了。）

她抵達祭壇上。最裡面有一座與張開翅膀的龍一起懷抱著劍的大理石女性石像。女性懷抱的劍柄上，鑲嵌了閃爍著不可思議色彩的寶石。

（……紅色和藍色？）

可能是光照角度的關係，顏色並非混和在一起，而是交互閃爍著。

沾染血色的紅與映照天空的藍。是魔力凝聚壓縮後的光輝。

「就是它……」

當她準備伸出左手，便從石像前彈開。封印的魔法拒絕了她，可能是沒有金色戒指的緣故。

陣陣悶痛感從指尖開始擴散。吉兒深呼吸後，重新面向石像。沒有時間了。

光是保護這裡是不夠的。若現在無法使用這個武器，就無法去救哈迪斯。

（就算來硬的也要打破封印！）

她再次將左手伸向寶石，魔力的暴風與反彈從正面迎向她。

——是誰？

一個聲音直接從腦中響起，吉兒睜大了眼睛。

——是誰，妳是什麼人？

左手指尖正受到魔力灼燒。疼痛感讓吉兒緊緊皺起眉頭，怒吼著回道：

「我是龍妃！」

反彈的力量稍微停了下來。才剛這麼一想，一個黑色的東西便抓住她的左手。

（咦？）

——龍妃。

——龍妃、龍妃、龍妃！新的龍妃、新的犧牲者、是讓那個男人明白愛的意義的棋子！

吉兒為了不讓自己向後倒而奮力踩住的腳步，卻被拉向前面。原本很小的紅色與藍色寶石似乎逐漸變大，形成一個出入口準備吞噬吉兒，魔力逐漸擴張開來。

「這、這是什麼？」

——要是沒愛上那種男人該有多好。

在眼前膨脹展開的黑色絕望，侵蝕了吉兒的視野。

第六章 ⚜ 龍帝夫妻的幸福家庭計畫

一名少女正在哭泣。

戴著花冠的少女正在哭泣，在粉碎的戀情面前哭泣著。

戴著皇妃頭冠的少女正在哭泣，為了痛澈心扉的愛而哭泣著。

妳是什麼人？又再次愛上了那個男人嗎？沒學到教訓，對那個不懂愛的男人動心。

（沒有那種事，陛下說了喜歡我，他為我改變了。）

神是不會改變的。妳只會被祂當作逃離愛的盾牌。

（不對，陛下沒有把我當成盾牌，所以我得救陛下才行。）

不過妳沒有金色戒指，即便如此也要保護那個只願意守護真理的男人嗎？

（這跟有沒有戒指無關。我們約定好了，我已經決定不會讓他孤單一個人。）

是的。沒有錯，愛就是這樣的東西。若被迫放棄了，那才是真理。

加油啊，新的我。並且對於那個男人的愛，請妳——絕對，不能讓步。

吉兒突然張開眼醒過來。看來自己一瞬間暈過去了。

（……剛剛的夢……是什麼……？）

吉兒一邊按著太陽穴一邊爬起身。在地鳴與爆炸聲響起後，她才回過神來。

「在哪裡？龍妃的神……器……」

她抬頭所看的地方，石像已經不見了。彷彿一開始就不存在似的，消失得無影無蹤。

相對地，她察覺到自己不知何時緊握住的手中，有種小小的觸感。小心翼翼地張開了手掌。

是紅色與藍色的小寶石。

「……龍妃的……神器……」

吉兒明白那是非常美麗的寶石，同時也明白那不只是普通的美麗寶石。但是——

「……我、我該怎麼做才好啊……既不是劍也不是長槍，哇、哇、嗚哇！」

寶石突然發光，接著像融化般展延開來改變了形狀。一會兒是劍、一會兒是長槍——完全按照吉兒腦中浮現的形狀出現。

「這、這好厲害！難道不管什麼都能變得出來……真不愧是龍妃的神器！」

感動不已的吉兒站了起來，跳上幾乎快要崩壞的神殿屋頂。

似乎是某個成功的攻擊，讓薄薄覆蓋住城鎮的魔法屏障消去了一半。

「吉兒！」

「卡米拉、齊克？」

「抓住我！」

她抓住騎著斑紋龍但看起來不是很穩定的部下的手，浮到空中。

「你們怎麼會在這裡？你們會騎龍了？」

「我們是不甘不願地被艾琳西雅皇女帶過來，又受命攻進來的啊！」

「上升、下降、向前進，除此之外的操縱我們都不會！」

「可以當立足點，非常夠用了！」

「妳居然會有這種發想？」

雖然還有一些龍四處飛行引開攻擊的注意力，但屏障消失的地方已經開始引導避難，為了進行救援的龍也到了。吉兒看見哈迪斯擊落飛往那個方向的攻擊，卻因此從背後遭到襲擊而摔落地面。吉兒瞇著眼緊盯追著哈迪斯的對手的側臉。

那是她曾經看過的長相。從書信內容和那個人的魔力氛圍判斷，並不是個普通人物。

「是克雷托斯的南國王啊……！」

「喂，那是克雷托斯的國王吧？為什麼要這麼做？連軍隊也沒帶。」

「你們去幫留在神殿裡的人，羅也還留在那裡。」

吉兒手中的寶石幻化成為弓的形狀。是閃耀金色光芒的黃金之弓。

「才不讓你得逞！」

瞄準正準備朝哈迪斯給予最後一擊的敵人射去。

無數的魔力之箭，從即將黎明的夜空中落下。

魔法屏障的攻擊非常激烈，八成知道倘若讓外面的救兵進入就完了，或是不能讓城鎮的居民逃走。

里斯提亞德當初畢竟是藉由調查的名義離開帝都，所帶的龍騎士連一個小隊的人數都不到。僅以這樣的人數要持續閃躲在空中肆無忌憚奔馳的魔力攻擊，龍騎士的操縱技術還有龍的體力、能力等，都隨著時間拉長逐漸出現疲態。

遠處傳來龍的哀鳴。那是頭綠龍，茶色與斑紋龍也正在墜落。

「三號墜落了！我過去掩護！」

「不要被擊落了啊！」

剩下的都是綠龍，不知道可以撐到何時。話說回來，里斯提亞德的韁繩也因汗水變得濕滑。他乘坐的愛龍彷彿明白他的心思般叫了一聲。

「放心吧，布倫希爾德。只要我跟你還留著就不會輸！」

這次的哀號聲在近處響起。龍騎士因為衝擊力從綠龍身上跌落，很不巧地，那名龍騎士墜落的下方有攻擊飛了過來。布倫希爾德察覺到里斯提亞德細微的動作，一直線飛過去，讓里斯提亞德將墜落的龍騎士接入懷中。

然而魔力的光線看準這個沒有防備的狀態，從旁瞄準他們一直線飛了過來。無法閃避。

（如果是布倫希爾德撐得住！）

牠畢竟是金眼的紅龍，剩下只要里斯提亞德能撐住就好。他握緊韁繩，準備要承受那道衝擊時，有一道火焰飛來，將那股攻擊燃燒殆盡。

那是由組織好隊形排列後放射出的龍的火焰。整齊排列成一面，將魔力的攻擊一掃而空。

眾人驚訝地往上空看去。攻擊暫時停下的天空中，有一支排著嚴謹隊形的龍騎士團飛著。隊伍最前方的人影，讓里斯提亞德驚訝不已。

「皇、皇姊？妳怎麼在這裡？」

「里斯提亞德，看來你還很嫩呢。那種程度的魔法屏障居然讓你那麼棘手。」

看著艾琳西雅無所畏懼的笑容，里斯提亞德忍不住反駁：

「別說得那麼簡單，那可是克雷托斯貨真價實的對空魔法耶。」

「那又怎麼樣？」

平時的性格中有優柔寡斷一面的姊姊，在戰場上一點也不躊躇。

「你們去救援居民。再過不久維賽爾的軍隊就要追過來了，動作快！我們就做個示範給菜鳥龍騎士團看吧。」

菜鳥。雖然很想回嘴，但魔法屏障又開始發光了。

然而艾琳西雅一點也沒有退縮，反而看起來樂在其中地拔出劍。

「諾以特拉爾龍騎士團，要上嘍！散開，拉高高度！」

龍的隊形拉開成如新月般的圓弧狀，畫著螺旋線條往上升起。屏障的攻擊為了追上去，便跟著穿過雲層來到上空。如此一來，攻擊自然地聚集起來形成很粗的一束光線。

在頂點的是艾琳西雅的紅龍——羅薩轉身做了一個後空翻，才這麼以為，牠忽然急衝而下。魔法屏障勉強撐著，卻被龍所施放的集中在一點上的火焰消去了一半。

這些事僅發生在不過數分鐘之間。吃驚地看著這一切的里斯提亞德，終於回過神。

「——接下來就交給他們！我們先去引導居民避難！」

「沒、沒問題嗎？魔法屏障還在——」

「如果皇姊遭到擊落，我甚至會心情很好！」

聽到里斯提亞德不服輸的回答，部下們露出苦笑。不自覺一直緊咬嘴唇的里斯提亞德，在途中才終於放鬆下來。

接下來才是最重要的。他們自己與這個國家一定會變得更強大——彷彿收到這個約定般，美麗的黃金之箭從頭上落下。

彼此劍尖交錯時，黑色眼瞳的男人笑了。

「啊啊，忘了自我介紹。我是克雷托斯的國王，叫做魯弗斯，你可以不用拘束，叫我魯弗斯哥哥就好。我優秀的兒子讓我隱居了，明明才三十多歲卻已經在過隱居生活，不覺得很過分嗎？這樣的人生真是非常鬱悶，雖然就此結束一生也很好，但沒想到聽說龍妃出現了啊！我覺得一定要來見見她，於是我來了。」

真是多話的男人。哈迪斯從下方將天劍往上扔，回答道：

「剛剛也說過，我對你沒興趣。」

「原來如此、原來如此。你是像這樣思考和說話的啊。我年輕時也思考過很多事呢。畢竟克雷托斯國王的人生，就是不得不成為龍帝的替身呢。龍帝會有什麼表情、如何思考、如何笑、如何哭、如何戰鬥呢？會在意也是當然的啊！」

一把和天劍形狀非常相像的劍揮落而下，與天劍撞擊在一起也絲毫沒有裂痕。不如說還有在不久前才剛看過它的記憶。

那是皇叔曾經持有的假天劍，就是利用女神的聖槍製作出來的那一把。

不管誰持有假天劍都好，偏偏在克雷托斯的國王手上，表示這個人同時是女神的丈夫與龍帝的替身。要施展出與天劍相同的威力是有可能的，何況哈迪斯現在的魔力有一半遭到封印著。

「那是那個女人擅自決定的事情吧，跟我無關。」

「你用的第一人稱是我！這樣對答案真是有趣，特地來見你一面真是值得。」

「是嗎，那麼能早點回去嗎？」

聽到冷淡地回應，魯弗斯的嘴角愉快地揚起並笑道：

「那可不行！我還沒見到小龍妃呢。」

哈迪斯皺著眉，魯弗斯在他面前舔了舔嘴唇。

「我們的戰鬥不正是因為龍妃的存在嗎？」

「……什麼意思？」

「啊啊，啊啊，你不知道啊？說得也是，真的龍神做事果然非常合乎道理，對自己不利的事就會立刻忘記，一切只為了保持理性！」

劍朝哈迪斯橫掃而過，讓他的姿勢失去平衡，在那瞬間，魔力直朝他的心窩撞擊而去。

「真可憐呀，愛著我們的女神記住所有事，就這樣逐漸墮落。」

魯弗斯的魔力四散開來，哈迪斯立刻張開雙臂設下結界。

「原來如此，你要保護城鎮啊。那麼就照你期待的……」

魯弗斯嘲諷地笑著，用力揮下劍，直接轉換成魔力的攻擊。

哈迪斯無法全數接下，從背部重摔到地面上。雖然吐了血，但他立刻爬起身。如果不站起來就會死。

果不其然，魯弗斯從上空追擊而來。

「來，讓我看看你的本性吧，龍帝——！」

魯弗斯黑色的眼瞳映照哈迪斯的身影，回過頭瞬間揮劍。然而彷彿要封住他的動作，一支支的箭從上方攻擊而下。

「……拉維。」

『啊啊，是小姑娘。』

那是龍妃神器的光芒。哈迪斯面前，一名少女如流星般降落下來。

「到此為止了，國王陛下——不對，克雷托斯的南國王。」

全數揮落對自己射來的箭後，魯弗斯降落到地面並回過頭。

「妳知道我是誰啊？這麼說來，妳是薩威爾家的公主吧。那麼，妳就是小龍妃嘍？」

「沒錯。」

她手上的黃金之弓幻化成黃金之劍，嬌小的背影舉起劍尖往前指。

宛如女戰神的美麗身影，讓哈迪斯將手伸向她。

真是慘不忍睹。看見哈迪斯的吉兒，只有這樣的感想。

人雖然還站著，但身上到處都是傷痕，這下絕對得臥床三天三夜了。這下不管是想用神器毆打他、用繩子繫住他的脖子，或是把他整個人捆起來吊著，全都不能做了。

「不行，吉兒。妳打不贏的，快退下。」

而且還以為他會說什麼，沒想到居然說這種話。

一陣惱怒的吉兒，抓住他伸過來的手後，一個過肩摔將他甩出去。

整個人翻到地面上的哈迪斯正感到莫名其妙眨著眼時，吉兒抓住他胸前的衣領用力提起。

「陛下，您剛剛說了什麼啊？」

「這……這個，就算有了神器，也未必能贏……好、好痛苦，吉兒，呼吸……」

「重逢的第一句話居然說那種話啊這笨蛋丈夫——！」

吉兒的雙手差不多正好能鎖住他的脖子。呆愣住的魯弗斯雖然就在身後，但待會兒再說。她旁若無人地用高壓語氣說道：

「你還有其他該說的話吧？像是擅自離開要開麵包店是怎樣啊！」

「啊，對不起，但是這裡就交給我，吉兒妳……」

「還在說這個啊！——你都不知道我有多擔心！」

吉兒那麼一喊，哈迪斯沉默下來。吉兒將眼角湧起的汗水——是汗水、是汗水沒有錯，自己才沒有那麼軟弱——用手臂一擦，重新面向魯弗斯。

「把我的陛下傷成這樣的人是你吧？」

「大致上是這樣沒錯。哎呀，我聽說龍妃是個小女孩，但沒想到真的是個小孩子呀。」

「跟小孩子戰鬥太不成熟了吧，你想撤退嗎？」

「不想呢，我對妳可是非常有興趣。妳是女神的替身，簡單而言，跟我是同樣的立場，不過妳要是不夠強可就沒什麼好說的。少了金色戒指的神器便無法發揮全力，只能為妳祈禱了。」

被那麼一說，吉兒往自己的左手看了一眼。確實沒有金色戒指，因為魔力還沒有恢復。金色戒指除了是龍妃的證據之外，魔力多寡也關係到龍妃的神器威力的強弱，這是理所當然的結論。

「話雖如此，妳可是薩威爾家的公主，應該多少能讓我玩得開心點吧？」

「吉兒！——好痛！」

沒學到教訓想要站到吉兒前面的哈迪斯，遭吉兒一腳踢飛。太礙事了。

「哇哦，小龍妃，原來妳是個凶悍的妻子啊。」

「沒有空看旁邊了喔！」

她握著黃金之劍揮了下來。魯弗斯毫無困難地接住攻擊，並順勢將吉兒彈飛到一邊。正當吉兒要重新擺出架勢時，魯弗斯繞到她背後，並以劍柄底部敲擊背部。爬起身的哈迪斯喊道：

「吉兒！快住手，我當你的對手就夠了！」

「哼，就只有這樣？我還很期待呢。」

吉兒才剛回過身落到地面，魯弗斯的劍立刻從上方襲來。沉重的壓力讓地面出現圓形凹陷，她的雙手撐在黃金之劍下方，但遭壓制著。

（好強！）

在發現哈迪斯有受到壓制的傾向時就明白這個人很強了，然而力量的差距比她以為的更大。魔力的量也是，恐怕武器也是。

「小龍妃，這樣會讓我很失望的。要不要換一個新的比較好啊？」

魯弗斯一邊笑著一邊從上方繼續押。單膝跪下的吉兒低聲說道：

「你、你說換新的……唔！」

「對啊，只要殺了妳，龍帝就會找新的龍妃了吧。那就是真理的運作。」

吉兒咬緊牙根抬起頭。左手無名指的戒指沒有回來，魔力不夠了，黃金之光正逐漸變得愈來愈淡。魯弗斯憐憫地瞇起眼睛。

「難道妳認為只有自己是最特別的？不要被騙了，龍帝的愛不過如此而已。妳的愛不夠的，畢竟連愛之女神在真理面前都無法傳達愛意了。」

吉兒的腦中回想起稍早發生的事情。要是沒愛上那種男人該有多好。那只是作夢嗎？幻想？不，應該不是。

那個絕對是無聊的神話當中的真相碎片。

（那又怎麼樣！我所喜歡的人，既不是龍神也不是龍帝……！）

這份戀情，並不是會錯意。

要全神貫注。她把力量注入雙膝站了起來，黃金的魔力閃耀著光芒。

「我對我的陛下的愛，怎麼可能不夠呢……唔！」

被推回來的魯弗斯睜大雙眼。

「不如說還沒用盡全力呢！」

吉兒將黃金之劍橫掃出去，同時轉換手中的劍為長槍，隨即瞄準彈飛到斜上方的魯弗斯，大力揮舞起黃金之槍。

魯弗斯在筆直投擲來的黃金之槍刺到自己前接住了它，但龍妃的神器立刻轉換為鞭子的形狀纏住魯弗斯。

而鞭子的另一端連接的，是吉兒的左手無名指上閃耀光輝的戒指。

「去告訴女神，我才是更喜歡陛下的那個人！」

從上空抓著鞭子的吉兒就這樣把魯弗斯整個人摔到地面上。

隨著地面震動的聲音，魯弗斯沉到地面中，上面的建築物因為衝擊力毀壞而崩塌倒下。完成任務的鞭子「咻」地消失了。

在這瞬間，身體彷彿加了重物般變得沉重無比。魔力消耗過度了。

從高處落下即將抵達地面之前，哈迪斯飛身上來在空中抱住她。

「吉兒！妳怎麼這麼亂來，居然在沒有戒指的狀態下使用神器……！」

「……陛下……你看，這個……」

吉兒喘著氣，左手伸到哈迪斯面前張開。

金色的戒指回到她的手上。在戒指中央還有紅色與藍色交織的小巧寶石鑲在其中，形成新的樣式。

「怎麼樣……戒指，回來了喔。雖然，魔力還沒有……全部恢復就是了……」

哈迪斯眼睛眨了眨，看起來很不好意思地低聲說：

「……妳、妳的愛，真是太厲害了啊……！」

「那是當然的。因為我是陛下的……只屬於陛下的龍妃啊……！」

她緊緊抱住哈迪斯的脖子，而哈迪斯也輕柔地回抱著她。

「嗯……我的龍妃只有妳一個，不需要其他人。」

看啊，哈迪斯就是會正面回應吉兒所期望的心意。

「我的妻子真的太帥氣了——我好想念妳，吉兒。」

不過，他也會不經意地踩中吉兒的地雷。

「你在說什麼啊，明明把我留在那裡自己出門！而且還擅自在我不知道的時候被打得慘不忍睹的……！」

「啊、咦？對、對不起？但、但是……」

「我不要聽您的藉口！請等一等，等我恢復後要用神器揍您一頓……！」

「咦？揍我？我已經慘不忍睹也被罵過了，還要挨揍嗎？」

「是我把你打得很慘就沒關係！都不知道我有多擔心——」

正當吉兒準備痛罵他一頓時，一陣歡呼聲響起，她的抱怨瞬間煙消雲散了。

「……陛下。」

是神殿上面傳來的。在那裡掛起的旗子倒了下來——接著……

早晨的太陽升起。

又重新插上新的一面旗子，沐浴在晨光之中。當然了，上面沒有打叉的記號。

深紅底色的布面上繡著黑色的龍神圖騰。是拉維帝國軍的軍旗。

插上旗子的地方，卡米拉與齊克在那裡，和拉維帝國兵一起揮著手。

——戰勝了。

「……我們做到了。」

安心與感慨的情緒湧起，蓋過了想說教的心情，吉兒呢喃著。哈迪斯也彷彿什麼都沒發生般點頭回應：

「就是啊。哦，里斯提亞德皇兄和……艾琳西雅皇姊都來了啊？」

鐘聲似乎為了通知眾人勝利的消息而響起。龍則在天空中，給予祝福般飛舞著。覆蓋城鎮的魔法屏障已不復存在。

「難道我要開麵包店的事情，里斯提亞德皇兄已經知道了？」

「我當然向他告狀了。」

「啊……這下他又要囉嗦了。」

正打算笑他自作自受的吉兒，看向愈來愈接近的地面後，拉拉哈迪斯的袖子。

「陛下。」

視線底下聚集過來的是薩烏斯將軍與帝國兵。

「難道打算要跟我戰鬥嗎？真麻煩啊。」

哈迪斯嘆口氣，抱著吉兒降落到地面上。他手上仍握著天劍，站到排列在眼前的眾人面前。

以迎接之姿率領眾人的薩烏斯喊道：
「向龍帝陛下與龍妃殿下敬禮！」
整齊列隊的士兵們聽令後一起行了禮。
近距離看到驚訝愣住的哈迪斯，吉兒強忍住笑意。
（的確會很驚訝呢。）
從吉兒的角度當然可以預測到這樣的發展，不過哈迪斯因為真的無法理解眼前的狀況，開始慌亂起來。
「咦？咦，為什麼……咦？」
「如果現在還不遲，希望可以由我們來保護您。」
右肩上包著繃帶的薩烏斯將軍走上前，對不斷眨著眼睛的哈迪斯說道：
「雖然我已經無法以軍人的身分工作了，但我的部下還能對陛下有所貢獻。若您願意原諒我們，是否能允許他們再次以帝國兵的名義為您效勞？」
「咦？不，我想問的不是這件事。你們不是討厭我嗎？」
看著打從心底感到困惑的哈迪斯，薩烏斯將軍的表情放鬆下來。
「——你救了我們，麵包店的，謝謝。」
「啊，嗯？」
「你是我們的救命恩人，是我們新的祖國。」
哈迪斯的眼睛睜得圓圓的。

他的身上到處都是擦傷，也沾上髒汙與塵土，臉上也與平時泰然自若的美貌差之甚遠。

「事情就是這樣。」

不過，眼神非常美麗。擁有不輸給日出的強烈光輝。

「……嗯。」

「嗚啾！」

羅跳到哈迪斯的頭上。哈迪斯因此失去平衡，吉兒便跳到地面上。

「你啊，怎麼突然跑來！這樣很危險的！」

「嗚啾、嗚啾。」

原本以為牠會從哈迪斯背後繞過來，但羅像在撒嬌般跳入吉兒的手臂中。吉兒苦笑著摸摸牠的頭。

「羅也非常努力呢，謝謝你，非常帥喔！」

「嗚啾～」

「不過你剛剛是從上面飛過來的吧？」

羅迅速地把臉轉開，吉兒抓住牠的脖子後方逼近問道：

「難道你早就已經會飛了……？」

「嗚、嗚啾——！」

「啊，等等，不要逃！」

羅從吉兒的手中逃跑，在逃脫路線的前方撞到卡米拉的腳後，被齊克抓了起來。傻眼的吉兒抬頭看著哈迪斯。

「羅真的跟陛下一模一樣呢。」

「才沒那回事——」

「哼，那個愛的一擊真是非常優秀呢。」

聽到背後傳來的聲音，吉兒反射性地擺出備戰姿勢，隨後所有人才進入戰鬥狀態。

「魯弗斯・迪亞・克雷托斯……！」

「你居然還能動啊！」

「那當然，僅憑這樣的程度就能打敗我，那我實在太丟臉了。不過，看看這個。」

即使遭敵人團團包圍，魯弗斯也泰然自若，他拿起出現裂痕的單片眼鏡給大家看。

「已經很久沒有出現裂痕了呢。呵呵，不是與女神競爭龍帝給予的愛，而是競爭自己付出的愛啊。小龍妃可真是有趣，難怪傑拉爾德想要得到妳。我欣賞妳。」

「什麼？」

「我來把妳變成我的人吧，我們同樣是替身的角色，可以成為天造地設的一對喔。」

他那令人厭惡的笑臉上出現了人影，原來是哈迪斯提著天劍劈過去。

逃到空中的魯弗斯，長髮的髮尾削斷了一些，原本拿在手上的單片眼鏡也壞了。

「殺了你。」

看著哈迪斯冷靜宣示的眼神，魯弗斯揚起高昂的笑聲飛上天空，食指與中指靠攏按在唇上。

「原來是龍帝的逆鱗啊，這樣反而讓我更想要了。我一定會來迎接妳的，小龍妃。」

隨著「啵」一聲，一個飛吻投向吉兒，讓她全身感到不寒而慄。

哈迪斯金色的雙眼瞪大，向上舉起天劍。然而，在天劍揮下之前，魯弗斯已經「咻」地消失身影，轉移走了。

（他居然還會轉移……難怪傑拉爾德大人對他也感到棘手。）

一臉不悅的吉兒身邊，是眼神還沒有聚焦回神又咧著嘴的哈迪斯。

「絕對要殺了他……！」

「陛下，請冷靜下來。敵人已經撤退了。」

「哪裡是撤退。那個男人說要把妳變成他的人，這是在向我宣戰。」

吉兒稍微思考後才明白哈迪斯生氣的理由，於是慌張起來。

「那、那種話怎麼可能是真的，只是想挑釁陛下而已——不……陛下，怎麼了？」

哈迪斯不發一語地在吉兒面前蹲下，用衣服的袖子在吉兒臉上擦了起來。

「那傢伙的氣息或最後抛下的那個可能會留在妳身上。」

「不、不會有問題的，沒有留在我身上。陛下，你太過在意了。」

「果然不該讓妳去戰鬥的。妳把衣服也脫了，我來全部洗過。」

「什麼？要、要洗過……陛下，請冷靜點，我沒問題的。」

「但我很有問題！那傢伙，下次見到他絕對要殺掉……！」

「喂，哈迪斯！現在不是玩的時候，維賽爾的軍隊來了。」

里斯提亞德的聲音從上空傳來。他忍受哈迪斯脫序的行為守著四周，但這時變了臉色。連哈迪斯也抬起頭。

（比預計的還要快呢。）

現在的狀況，並無法說是叛亂的狀態，然而明顯有戰鬥過的痕跡，若是像在帝城遭擺布時一樣，這件事被強行塑造成逆賊的行徑，一切都會功虧一簣。

「陛下，該怎麼做才好？」

哈迪斯在詢問他的吉兒面前嘆了口氣後站起來。

「……別擔心，我去向皇兄說明吧。」

「我也一起去。」

「我一個人去就好。薩烏斯，你聽艾琳西雅皇姊的指示進行善後。」

看著哈迪斯開始俐落地下指令，吉兒用力抓住他的衣袖。哈迪斯應該已經消耗太多魔力，她想跟著過去。

然而，哈迪斯輕輕地解開她的手。

「已經不會戰鬥了，所以別擔心。妳已經完成妳的工作，現在輪到我了。」

「陛、陛下也付出很多努力了吧？所以我也想要幫忙。」

「我只是把妳留下，擅自從帝都出來而已喔。」

才沒有那回事。選擇臣服於哈迪斯的薩烏斯他們來看，這是很明顯的事。但若是提出否定的話，就不能對他擅自離開的事生氣了。

彷彿早已看穿吉兒心思的哈迪斯，用沉靜地語調對她說：

「妳和羅在這裡等我。」
「……我是陛下的妻子耶，難道有什麼被我聽到會感到困擾的事嗎？」
只能說出像孩子般抱怨的吉兒，哈迪斯眨了眨眼後，笑著半開玩笑地說：
「可能是喔，畢竟維賽爾皇兄知道很多我的事情。」
「既、既然如此，我也想要知道更多陛下的——」
哈迪斯彎下腰，伸出食指放在她的唇上。
「但是我，希望能在妳面前保有帥氣的一面啊。這樣不行嗎？」
被那樣一問，就沒辦法順利反駁了啊。
「我要去讓皇兄認同我們的家庭計畫喔。」
沐浴在早晨陽光中的那個笑容實在太過美麗，反而使吉兒噘起嘴。
自己可不知道他何時變得那麼帥氣了。宛如被纏繞住的戀愛之心，她左手無名指上愛的證據閃著光輝。

在抵達諾以特拉爾領地時，就有不好的預感了。
里斯提亞德的嫌疑能夠洗清是預料之內的事。這個擁有正統公爵家當作後盾的異母弟弟相當優秀，是無法輕易剷除的。然而，哈迪斯從帝都離開則是沒有意料到的事情。再加上龍妃也前往會合，這麼一來，可能就會阻止拉迪亞的叛亂。

因此他才會急忙趕過來，但在消散於日出陽光的煙霧中，看到拉迪亞的城鎮上已經插上拉維帝國軍的軍旗。這情況下要說這裡發生叛亂，實在太牽強。

「維賽爾皇太子殿下，有東西朝這裡飛過來了。」

「應該是哈迪斯。全軍，停下。」

騎乘在馬上的維賽爾一個人往前走去。在現場的步兵與騎兵全都停下腳步，圍繞在四周的龍也全都著陸。

在空中沐浴著早晨日光的弟弟，看起來狼狽不堪，應該也有受傷吧。

但是非常美麗，幾乎讓他手上的天劍沒了鋒芒。

他下馬走過去，哈迪斯也降落到地面上，來到他的面前。首先做了確認。

「薩烏斯將軍怎麼樣了？」

「他說要臣服於我。失去了右手臂，所以應該無法上戰場了，但我想把軍務交給他。」

「這樣啊。」維賽爾冷冷地點頭回道。軍人這種人就是喜歡強者，光是這個弟弟揮舞天劍在天空中翱翔的姿態，應該就能夠讓許多士兵為之懾服了。一步之差便是畏懼。

「那麼你允許了嗎？」

「嗯，因為他們是自發地向我下跪臣服的。」

「他們一定很快就會背叛你。那種利用忠誠當藉口卻能面不改色背叛的人，不能信任。」

他為哈迪斯擦拭著濺到臉頰上的血跡，哈迪斯苦笑回答：

「我認為即便如此也無所謂……因為吉兒說我辦得到。」
聽見那個令人不愉快的名字，維賽爾皺起眉頭。
「你就那麼喜歡那個少女嗎？」
「嗯。」
「那是顆火種，說不定哪天會傷害你啊。這樣也無所謂嗎？」
「她使用龍妃的神器保護了我，這樣就足夠了啊。」
原本沒有期望的事，讓哈迪斯如獲至寶似的說著。
「里斯提亞德皇兄與艾琳西雅皇姊也都站在我這邊了。」
「那些傢伙，只會隨著三公爵的意思不斷轉換立場。哈迪斯，你忘記以前至今發生過的事了嗎？拉維皇族的人對你、對我們都做了些什麼？」
他們將還不到五歲剛幻化出天劍的哈迪斯趕出帝城，打算在邊境養他然後殺死。但因為不承認哈迪斯就是龍帝，完全陷入女神的陷阱，不斷失去皇太子們，最後召回哈迪斯之後，卻認定他是怪物而打算剷除他，種種醜陋的紛爭頻傳。實在是愚蠢至極。
「為了隱瞞血脈傳承的問題，那些人把你的親生父親與親族全都殺光了。這裡就是被那些可以面不改色做出這些事的人所玷汙的國家。」
「……說得沒錯。」
「你是可以自己一個人獨當一面的堅強孩子。就算有人站在你這邊，也只會害你受到不必要的傷害。」

維賽爾至今仍鮮明地記得自己第一次收到信時的狀況。在自己受到那些無能的傢伙嘲笑是末端皇子，壓著他的頭要他低頭時，卻收到一封要倚靠他的信。明明聽說對方沒有接受什麼正規的教育，然而信上以漂亮的字跡寫著對於現況與接下來理論上能進行的提議。

一開始維賽爾並沒有完全相信那些內容，但對於弟弟優秀的成長以及仰慕地稱呼他為皇兄，讓他感到很驕傲。

並且也為弟弟因為能見到父親與母親時，眼神中閃著期待光芒的純真感到心疼。

以及遭踐踏也會重新拾起笑容、放棄，與原諒的堅強。

（你明明沒有做錯任何事……）

自己要剷除傷害弟弟的一切事物。維賽爾下了這個決定，一路走了過來。

不讓他懷抱不必要的期望、不讓他作天真的夢。那些東西都只是會侵蝕美麗弟弟的毒物。

但是，弟弟還是作著天真的美夢。

「不消滅他們沒關係嗎？你應該對這個國家，甚至是龍神與所有事物都感到憎恨不已吧？」

他在弟弟身邊推測著應該是如此，現在第一次正式提出心中的疑問。

哈迪斯閉上雙眼後重新張開。

「維賽爾皇兄——不對……」

哈迪斯緩慢地將天劍的劍尖指向維賽爾。他一點都不感到震驚。

「維賽爾．提歐斯．拉維，向我下跪臣服。」

這是他期待已久希望能成真的情景。當弟弟了結全數敵人，毀滅國家與龍神的時候，他將會欣喜地獻上自己的首級。只不過還不是現在，應該要發生在更久之後的未來才對。

「否則我將會視你為謀反者，將你與你的軍隊全部殲滅。」

「你難道打算利用在拉迪亞的帝國兵重新建立軍隊？如此天真是無法與克雷托斯打仗的。」

「我會與克雷托斯和解。」

維賽爾瞪大了雙眼。大概是那樣很奇怪，哈迪斯的口氣稍微緩和下來。

「再說現在兩國本來就是休戰狀態，沒有理由需要打仗啊。我會締結和平條約。」

「……是為了和那孩子結婚嗎？」

哈迪斯帶著點苦笑的感覺露出微笑。他在無法相信之下，嘴巴就擅自說了起來：

「你不擊斃女神嗎？明明那麼痛恨也那麼討厭女神……」

「我現在還是非常討厭祂，討厭到都想吐了……但是因為吉兒保護了我，而我選擇會讓吉兒有笑容的未來。這裡是——」

哈迪斯對於要說的話有所猶豫，大概是內心有所糾葛。弟弟不可能對任何事都能原諒。

然而哈迪斯將天劍筆直地指向維賽爾，宣示道：

「這裡是我的國家。而我是皇帝，哈迪斯．提歐斯．拉維！」

帶著髒汙的臉與滿是傷痕的手，哈迪斯直率地選擇了未來。

「如果無法順從我的決定，我會用天劍斬殺你，當作餞別。」

與皇叔一樣。當維賽爾察覺到這件事，視線便垂向腳邊。

「……你已經不需要我了嗎？」

「我想要你啊。」

聽到這個迅速的回答，他抬起臉。天劍的劍尖並沒有動搖。

不過，哈迪斯的嘴角卻用力地、似乎在忍耐著什麼。

「因為皇兄非常重視我。真正重要的是皇兄內心理想中的龍帝，即使你討厭我的軟弱之處和你的理想南轅北轍，我還是只要有皇兄在就會感到高興。可是已經不希望再讓皇兄為我的軟弱扛起責任。因為那就是**我心中**理想的龍帝。」

這次他真的不知該如何回答。得說些什麼才行。要對哈迪斯說些安慰的話、說服他，並讓他重新考慮。但是什麼也想不到——才這麼一想，背後突然被踢了一腳。

「弟弟都對你說到這個分上了，想都知道只有一個選擇而已啊這個笨哥哥——！」

「里、里斯提亞德殿下！」

「快點說啊，立刻說！難道你想讓哈迪斯哭嗎？這樣還算哥哥嗎？」

異常氣憤的異母弟弟抓住他胸口的衣領用力地晃動，而一旁還有另一個異常氣憤的少女出手阻止。

「真是的，我們是偷偷跟著陛下來的耶！跑出來不就前功盡棄……」

「……吉兒。」

被哈迪斯喚了名字的少女一驚，挺直背脊後轉過頭來。

「……妳、妳都聽到了……？」

「咦？我、我呢……那個，什麼都……沒有聽到唷！」

「真、真的嗎？沒有聽到嗎？絕對沒有？」

「是、是的！像、像是為了我要跟克雷托斯締結和平條約，之類的……！」

不知道是否受說著這些話紅起臉的少女影響，哈迪斯的臉頰也浮現紅暈，接著兩人都同時用手遮住自己的臉。看來是覺得很不好意思，真是一場鬧劇。

「喂，維賽爾，你有在聽嗎！」

「快住手，里斯提亞德，全都被你搞砸了。」

沒想到連異母姊姊也出現，並將里斯提亞德從維賽爾身上拉開。

「現在，兄弟吵架就吵到這裡好嗎？我想答案已定。」

她明明性格優柔寡斷，偏偏這種時候看起來非常可靠。維賽爾抿起了嘴唇。

（理想的龍帝。為他的軟弱扛起責任……沒想到會讓他那麼想。）

弟弟與自己的願望和理想，不知從何時開始有了落差。對於這點令人寂寞——不過呢……

「……如果哈迪斯是那麼期望的，那就沒辦法了。畢竟哈迪斯是我的弟弟。」

「真的嗎？那麼你以後不會再想辦法讓哈迪斯照你的意思行動了吧？」

「我從來沒有那樣的打算啊——話說回來，里斯提亞德大人，你知道嗎？」

維賽爾笑咪咪地用手指指著，里斯提亞德的氣勢消停了。

「我的年紀可是比你大一歲四個月。」

艾琳西雅小聲地笑了出來。里斯提亞德則滿臉通紅地打算反駁。

「那、那又怎樣！就算這樣，我——」

「是的，請你放心，我並沒有打算擺出哥哥的樣子。我和你那邊的血脈非常不合，特別是你的哥哥，以前就噁心到讓我看不慣。」

「你、你又懂我皇兄什麼了！」

「我是不懂呢。他特地來找躲在圖書館裡的末端皇子說話，自己明明有個優秀的同母弟弟，卻認真地說什麼我也是他的弟弟這種漂亮話，還說自己如果死了，哈迪斯一定會被召回來，在那以後就要拜託我之類的，然後說完就死了。我不懂那樣的笨蛋。」

相較於說不出話來回應的里斯提亞德，艾琳西雅瞇起了眼睛。

「那樣的拉維皇族確實很像你的天敵呢。」

沒想到她很細心地看著弟弟們的事，情義深厚的異母姊姊也是天敵。

（若能只是恥笑著他們愚蠢並將其殺死反倒輕鬆。如此哈迪斯也不會感到猶豫了吧。）

是的，維賽爾憎恨著拉維皇族。巴不得蹂躪這個否定了自己和弟弟的國家。弟弟原本也有相同的期望，原本想視所有人為敵人。不過……

「哈迪斯。」

正蹲著用食指在地面上用力畫著圈圈的哈迪斯抬起頭。他身邊的少女——弟弟的妻子，也就是自己的弟妹立刻站了起來。看來是打算保護他，真是傲慢。

「我明白了，既然那是你所期望的，只要你能夠過得幸福，我就會遵從你的選擇。」

哈迪斯的臉上展露出欣喜的光芒。這點倒是沒有變。

「真、真的嗎？那樣皇兄沒關係嗎？」

「沒關係。你身為龍帝，我只是想成為配得上你的哥哥而已。」

為了配合因為自己突如其來的話語而沉默的弟弟的高度，他蹲下來。

「所以我會和你一起努力。你想與克雷托斯締結和平之約的話就那麼做，想要壓制三公爵來平定國家，我們就試試看。」

「那……那麼，我和吉兒結婚的事呢？你能承認嗎？」

「不得到他的承認也沒關係啊，陛下。我已經取得龍妃的神器，金色戒指也回來了，已經只能說我是龍妃了。」

如此說道的少女完全不隱藏對維賽爾的不信任。

這種時候自己就得以成熟的態度應對，是為了可愛的弟弟而做。

「當然了，我願意承認她。身為皇帝的你，沒有皇妃才是個問題。回到帝都後就儘快開始準備結婚典禮吧。她可是相隔三百年才出現的龍妃，得盛大舉辦才可以呢。對了對了，結婚典禮上龍帝要配戴的手套，上面的刺繡也一定要繡得盡善盡美才好。」

哈迪斯身旁的少女臉色變得鐵青。看來自己的直覺猜對了，於是笑容也變得更大。

「禮儀舉止還有舞蹈、刺繡、詩歌、皇妃教育以及新娘課程，可容不得妳說做不到。」

「這、這個大伯……呃，陛下？」

哈迪斯的身體搖搖晃晃後倒了下來，少女趕緊接住他。全身顫抖的弟弟便倚靠在少女身上。

「放、放鬆下來後……好、好冷……體溫變低……要死了……！」

「請、請振作一點！拉維大人，快進入陛下體內暖和他！擔架！」

那名少女也看得見龍神。

（如果是龍妃那是理所當然的啊。）

為了幫倒下的弟弟，里斯提亞德、艾琳西雅等人全都一股腦靠了過來。沒有維賽爾的呼喊，人也都聚集起來了。

維賽爾的心情在似乎想看見又不想看見那樣的情景之間搖擺，最後為了下達善後的指示而離開了現場。

拉迪亞的復興、帝國軍的重新編制、與無法斷定是否為哈迪斯盟友的三公爵協調、與克雷托斯的交涉，既然方針一百八十度轉換，要做的工作便堆積如山。以後應該還是會出現背叛哈迪斯的人吧，這麼一想，似乎又感覺什麼都沒有改變。

啊啊但是，去見見那個原本打算以後要解決掉所以一次都沒見過面的未婚妻好了。

這個早晨有朝陽升起與傍晚有夕陽下沉的世界，果然還是沒有變。不過，還有能靠自己的雙手改變的事物，維賽爾如此心想，看向了天空。

拉迪亞的人們非常可靠又親切。不知是否因為知道哈迪斯倒下，他們已經把城堡中最好的房間打掃整理乾淨，從泡澡的熱水到餐點都準備好了。有一半的人持續誤以為哈迪斯是麵包店的人，直到途中知道他是皇帝而引起一些混亂，但現在已經是個恢復平靜的夜晚。實在難以想像直到今天早上，這裡還是個戰場。

吉兒踏上哈迪斯的寢室露台，手放在出入口的門上，使用讓人無法察覺到的魔力，將從內側鎖上的鎖慢慢地抬起撥開。

接著輕輕地，在不發出任何聲音之下進入房間裡。

室內沒有任何人。這麼鬆懈的警備，若是平時她可能會皺眉了，但人手可能不夠，加上考慮到大家的疲累程度，也是沒辦法的事。

（所以我就說自己和陛下在同一個房間就好，那個大伯真是的。）

即便承認婚約，兩人仍然還沒結婚。維賽爾主張若出了什麼差錯並不好，周圍的人也都贊同他，而將他們的寢室分開安排。因為擁有決定權的哈迪斯呈現意識不清的狀態，吉兒反對的意見便澈底被忽視了。

「我明明都說可以了，這樣太奇怪了吧。」

放著沒辦法正常活動的哈迪斯一個人才是個大問題。吉兒一邊不滿地喃喃自語，一邊輕輕地靠近床鋪。

哈迪斯正在睡覺。旁邊沒有看到拉維的身影，應該是正在他體內休息吧。他的呼吸很穩定，臉色看起來也不差。不過吉兒併攏的手指摸了摸他的臉頰，發現還是冷的。

穿著睡衣過來是正確的。

為了不吵醒哈迪斯，她拉起被單的一角鑽了進去，挪動身體爬到枕頭附近探出臉來，接著爬起身準備幫哈迪斯把歪掉的毛毯重新蓋好時，與金色的眼睛對上了眼。

「……吉兒妳在做什麼？」

「陛下？吵醒您了嗎？對不起……」
「沒關係，我白天已經睡很久了……話說回來，妳怎麼來了？現在是晚上吧？」
「我想來為陛下取暖，我們一起睡吧。」
原本以為哈迪斯僵住了，沒想到他一個轉身背對她，用雙手蓋住臉。
「居、居然那麼說，我心理準備還沒……」
「……怎麼現在才說這些，我們之前明明都一起睡的。」
「沒錯！是沒錯啦、那個、但自從上次、上次以來到現在……是第一次……」
上次以來？吉兒原本困惑了一下，立刻回想起來。那是指在維賽爾到來之前的晚上，兩人害羞得互相背對著彼此睡的那晚。哈迪斯彷彿在責備自己的視線，讓吉兒的臉也愈來愈熱。
「那、那已經是很久之前的事了耶！而且就算是那天，我們也一起睡了……！」
「難道要靠在一起睡嗎？」
「那、那當然……我、我可是為了幫您取暖才來的……」
不靠在一起就沒有意義了。哈迪斯在把話含在嘴裡的吉兒面前，又用手遮著自己的臉。
「不行。」
「您、您說不行，這樣我們不就無論何時都無法一起睡嗎！」
「……妳、妳那麼想跟我一起睡嗎？」
拉著被單藏起半張臉的哈迪斯，用期待的眼神看過去。「這……」吉兒再次因為害羞與憤怒漲紅了臉。

「想和我一起睡的人是陛下吧？」

「我並沒有說過那種話喔！」

「可是羅呢，在四處去找別人撒嬌之後，都會來黏著我想跟我一起睡！」

「那頭笨龍……！」

順帶一提，現在正熟睡的羅，已經把牠放入籃子裡並蓋上毛毯。隔壁的房間還有卡米拉與齊克在，不會有問題才是。

「所以我想著陛下應該覺得很寂寞才過來的！難道說……」

她忽然感到不安，嘴巴也不聽使喚，在緊抓著腿上的衣服後低頭說道：

「想、想見到彼此……想待在、彼此身邊的人、只有我嗎？」

接著陷入一種難以形容的沉默。當她想著真不該說出口的時候，哈迪斯突然坐起身，讓她嚇了一跳。

「陛下，您得躺著才行。」

「我回來了，吉兒。」

他的語氣甜膩得彷彿滲入體內要將五臟六腑都融化般，使得吉兒回答的語調高昂了些。

「歡、歡迎回來，陛下……」

「這次真的累了。我已經不知道想過多少次，想要回到妳身邊。」

哈迪斯一邊深深嘆氣，一邊歪著頭靠上她的頸邊。一種難以言喻的羞恥感，讓吉兒抿緊了唇角。不過她知道哈迪斯非常努力，並沒有忘記輕輕地撫摸他的頭。

「那麼回來不就好了嗎……」

「但那樣就太難堪了啊。而且這次的事情是由我引起的……」

哈迪斯仍然靠在吉兒的頸子上，用喉嚨發出乾笑聲。

「那樣可不行啊，光是妳一個人耍帥，我的立場要往哪裡擺？畢竟我既是妳的丈夫，也是大人啊。」

「您、您不是說大人也只不過是年紀比較大的孩子而已嗎？」

哈迪斯修長的手指，擺弄著吉兒落在肩膀附近的髮梢。讓人心情逐漸變得躁動起來。

「嗯，所以我現在正在向妻子撒嬌。」

雖然他說自己在撒嬌，但看向吉兒的眼神與語調完全不像個孩子。

（這個丈夫真是壞心眼！雖然早就知道了！）

無論是帥氣或是難堪，像個孩子或是大人，都擺布著吉兒。而因為太過不甘心，吉兒便拿起一旁的枕頭朝哈迪斯的臉上蓋了過去，把他壓入床中。

「就算想要蒙混過去也不行！以後禁止瞞著我隨意離開！」

「那要看當時的狀況……等等，吉兒，不能呼吸，我不能呼吸了……」

「陛下自己不是說了嗎？我會從女神的手上保護你。」

推著枕頭的力道減輕後，哈迪斯把臉探了出來。她一點也不畏懼那雙金色眼瞳，跨坐在哈迪斯的胸口上，伸出食指指著他的鼻尖。

「既然這樣，陛下就要待在我身邊，讓我保護才行。」

在相隔了一拍後，哈迪斯用雙手蓋住嘴巴。
「我、我的妻子太帥氣……不行了！」
「……好了陛下，我們該睡覺了。你的燒還沒有退吧？」
「妳為什麼突然變那麼冷淡？」
「因為看到陛下像平時一樣沒用，我安心了。」
「真過分！既然妳那麼說，我也有自己的想法——」
吉兒伸出手擋住他正囉嗦的嘴，接著把自己的唇疊上去。先發制人的攻擊。
雖然感到心臟快要跳出來，但看到他金色的眼睛像滿月一樣睜得圓圓的便感到憐愛不已，而且心情暢快。
「還有什麼要說的嗎？」
她的手一離開便立刻被拉進被單裡，讓哈迪斯的雙臂環繞住。
「有啊，我要是死了怎麼辦啊！」
吉兒笑著，也把自己的雙手繞到他的背後。不知道是不是錯覺，哈迪斯的身體似乎變暖了一點，他可能也同樣心跳不已吧。
（如果他也一樣就好了。）
她感到自己真的正在談戀愛。
「寢室果然還是要分開比較好……」
「？陛下您說了什麼？」

「什麼都沒有喔。晚安，吉兒。」

明明還有許多想說的話，也還有滿山滿谷的問題想問，不過在聽到那溫柔的聲音以及落在額上的一吻，就像反射條件般開始想睡覺。

而在早上，她會在道早安的聲音以及早安吻中醒過來。

終章

一陣刺痛中，她又被針的尖端攻擊了。吉兒用彷彿看見宿敵的眼神瞪著手上的針。
「你和贈送的主人一樣，真是個令人火大的傢伙……」
「吉兒，時間差不多到嘍！」
「妳還在和針奮鬥啊？」
穿著剛訂做完成的龍妃騎士服的卡米拉與齊克，一起來到休息室。吉兒正坐在蓬鬆柔軟的長椅上，往房間的掛鐘看去。
已是夕陽西下的時間，但今天的帝都還很明亮。以帝城為首，即便沒有使用的房間似乎還是會點著燈，全都是為了皇帝哈迪斯即位以來的喜事。
「真的耶，已經這個時間了啊。會場的狀況怎麼樣呢？」
「全都客滿了，大家都對龍妃大人公開露面非常感興趣。」
「不，我不是問那個，是問陛下的警備狀況。有沒有可疑的人物？」
「那不是妳需要擔心的事喔。」
打開門進來的並不是客人而是她的大伯。他身上所穿的低調灰色晚宴正裝，才讓她想起這男人是皇太子。

「妳還是擔心自己不要搞錯步驟順序比較好吧，刺繡也還有時間。」

維賽爾順手從吉兒的手中抽走她練習用的布塊後笑出聲來。

「這是克雷托斯的新魔法嗎？」

「為什麼會那麼說？不管怎麼看那都是陛下的名字吧！」

「所以這是看起來像名字，卻是詛咒的魔法吧？」

「真沒禮貌！」吉兒氣得發抖。維賽爾則輕輕地把練習用的布塊遞還給她。

「我為妳的刺繡才華有一天能夠覺醒而祈禱呢，不然我送給妳的裁縫工具就會變成詛咒的工具了。」

這男人還是一樣總是要唱反調挑釁人。然而，促使吉兒能夠在這次晚會中以哈迪斯的未婚妻身分公開亮相的人就是這男人。另外，吉兒現在正在使用的裁縫工具也是他以慶祝婚約的名義餽贈的禮物。雖然這絕對是在找她麻煩。

「話說回來，羅少爺怎麼樣了？該不會和蘇堤跟哈迪斯熊在玩吧？」

「牠吃得飽飽的在吉兒的房間裡睡得正熟呢，那孩子還是一樣一點都不想飛呢～牠是不是沒有察覺自己是龍呀？」

「吉兒，妳準備好了嗎？」

看到探頭進來的哈迪斯，維賽爾率先板起臉來。

「哈迪斯，你也得準備才行吧！還沒換裝嗎？里斯提亞德在做什麼？他要是連哈迪斯一個人都顧不了到底是為了什麼存在在世上？還說什麼哥哥還是弟弟如何如何一點忙也幫不上……」

「我可是聽得見你連氣也不換像詛咒般唸咒的抱怨喔！哈迪斯，不要到處亂晃了！」

里斯提亞德抓起哈迪斯的後頸，看著吉兒不耐煩地說：

「妳也快點準備好，不然哈迪斯很躁動一點都冷靜不下來。芙莉達和娜塔莉早就已經完成準備了喔。」

「咦？真的嗎？」

她慌忙走到外面，正好遇見娜塔莉與芙莉達從服飾房走了出來。娜塔莉身穿重疊了好幾層的深紅色布料做出花瓣效果的洋裝，散發出皇女的氣質。一起走出來的芙莉達則與她如對照般，身穿以柔和的奶油色為主，裝飾著色彩繽紛的褶邊與緞帶的可愛洋裝。唯獨頭髮上裝飾著的深紅色花朵，用以顯示她絕對並非只是一個看起來甜美的皇女。

「妳還沒準備嗎？難道，哈迪斯哥哥也是？」

「……咦？啊、嗯……」

哈迪斯還沒有習慣娜塔莉稱呼自己為哥哥，慢了一拍生硬地點了頭。

「你是皇帝，得好好準備才行啊，畢竟長得好看。維賽爾哥哥也是喔，你是皇太子吧。」

至於同樣不習慣被那麼稱呼的維賽爾，則沒有回應也沒有表情。

娜塔莉擺出像是獲勝般驕傲的笑容，轉身面向芙莉達。

「我們走吧，芙莉達。艾琳西雅姊姊為了安排警備正四處忙碌，就算只有我們也要好好配合，身為皇女……芙莉達？」

芙莉達一副惴惴不安的模樣。哈迪斯想起什麼似的抬起頭，迅速地從懷中拿出裝有餅乾的袋子，芙莉達也驚訝地抬起頭。

在所有人的注視下，哈迪斯走到他們兩人的距離間大約中間的位置，將餅乾放在走廊上後，又回到原本的位置。接著輪到芙莉達戰戰兢兢地沿著走廊前進，在撿起餅乾後，一轉眼便跑回娜塔莉身後躲起來。

哈迪斯用力握住拳頭，維賽爾用失去光澤的眼神嘀咕道：

「這是在幹嘛，餵食嗎？難道你平時都帶在身上？」

「……芙莉達，用撿的很沒教養……應該說哈迪斯也是，要光明正大的給她啊。」

「光、光是放在她看得到的地方，就已經竭盡全力了……！」

彷彿同意哈迪斯的意見，遠處的芙莉達拚命點著頭。

一臉沒轍的娜塔莉推著芙莉達的背往會場去，用手指按著眉頭的里斯提亞德則拉著哈迪斯離開。他們大概都覺得現在沒有空說教吧。維賽爾也把吉兒送往服飾房後，自己也去做準備了。

（陛下與芙莉達殿下之間，好像還需要一點時間呢。）

一字排開的女官們，俐落地幫吉兒進行準備。她們依序說著「這是化妝水」、「這是乳液」等等，並塗抹在她臉上，但小孩子要化妝是不是還太早了些？不過，為了稍微看起來成熟點，還是需要的。穿鞋跟較高的鞋子也是為了這個原因。

為了不負拉維皇帝未婚妻的地位。

「吉兒．薩威爾小姐，進場！」

一扇需要抬頭仰望才看得到上方的巨大門扉打開了。從天花板上垂吊下來的水晶燈與蠟燭的燭光，在打磨過的大理石地板上反射出閃亮的光點。轉著圈裙襬就會展開的洋裝，宛如色彩繽紛的花朵般在舞池中綻放。小提琴配合指揮棒演奏的華爾滋與快三步舞，是讓人忍不住想跟著跳舞的既輕快又華麗的曲子。

在這當中，她穿的軍靴鞋跟發出了聲響。

她身上穿的是找娜塔莉與芙莉達討論，也聽了艾琳西雅的意見後所決定的新的龍妃正裝。黑色的緞帶與蕾絲點綴在深紅色的洋裝上，具備功能性又方便活動，只要披上黑色的斗篷與戴上軍帽，看起來就會像軍服這點非常優秀。鈕扣與袖口的袖扣採用與哈迪斯眼睛相同的金色，她個人非常喜歡。

「她還是個孩子吧？」

「但是聽說她和皇帝陛下一起率領軍隊救了拉迪亞……」

「聽說皇帝陛下會原諒背叛者的帝國兵還有薩烏斯將軍，就是聽了龍妃殿下的進言喔。」

「她已經以大公身分在拉迪亞領地就任，聽說很受歡迎。」

在拉迪亞領地發生的叛亂，已經公告是由於拉迪亞的輔佐官企圖奪取龍妃的神器而發動的，至於克雷托斯是否與此事有關，則以不清楚來結案。因為正逢打算與克雷托斯締結和平之約的時候，魯弗斯的事只能曖昧處理。雖然擔心拉迪亞的領民會感到不滿，但多虧假藉克雷托斯名義辦事出名的輔佐官非常討人厭，大部分的事得以「所有事都是那個輔佐官的錯」的結論來收拾。更重要的是，龍帝與龍妃親自前往拯救拉迪亞這個現實起了正面的效應。親眼見到率領帝國兵奮戰的龍帝身影與龍妃使用神器的歷史性瞬間，那股亢奮將拉迪亞領民的不安全部沖刷得一乾二淨。

事到如今，就算是年僅十一歲的少女就任拉迪亞大公，領民們便只懷抱著自己的領地與時代都很特別的想法。

這名取得龍妃的神器，又身為拉迪亞大公受到歡迎的少女，雖然年紀還小，但那會隨著時間獲得解決。無論是對自己的外表與裝束皺起的眉頭，或是躲在扇子後的竊竊私語與充滿好奇的視線，全都不必在意。吉兒挺起胸膛坦然地往前走。

正面準備了階梯式的座位。首先是裝扮華麗的美女們並列而坐，她們是前皇帝後宮的妃子們。聽說她們原本並不願出席，是維賽爾對她們說：「不出席沒問題啊，那麼就回老家吧。」大部分的人才決定帶著禮物出席。那個大伯，真的正因為是他，腦袋和嘴巴才那麼靈光。

接下來是皇子與皇女親生母親的妃子，也就是三公爵的座位。比起第一排的華麗，她們相當有威嚴。吉兒完全不清楚這些人是誰，但聽說三公爵全員出席了。儘管不知道這些人的心裡怎麼想，總之是承認了吉兒龍妃的身分。

第三排是皇帝哈迪斯兄弟姊妹的座位。里斯提亞德姿勢端正的坐在位置上。在他身邊的是坐姿端莊的芙莉達，大概是有點緊張而臉紅。在生氣的娜塔莉身邊看到的是慌忙入座的艾琳西雅，看來應該是剛從警備工作回來。

在往上一排只有維賽爾一個人靜靜坐著。那本來應該是皇帝哈迪斯的皇子與皇女的座位，但現在只有身為皇太子的維賽爾坐在那裡。

（很快就會讓你往下一排坐了。）

穿過那裡之後，終於抵達最後一排。坐在最上面一排的寶座上的，是這個國家的皇帝，也就是吉兒今晚起的未婚夫。

接下來，就是不知道該說什麼才好、充滿麻煩禮儀的致詞與問答了。

（我想想，首先會由我先致詞，拉迪亞的事要說得像我是被陛下偶然叫去的……）

當她正在思考的同時，哈迪斯站了起來。不僅如此，他還在吉兒面前單膝跪下。

「我已經要順從我的妻子。」

吉兒心裡一驚，眨了眨眼。順序不一樣。

「擁有美麗紫水晶眼睛的公主，懇請妳帶給我幸福。」

聽見耳熟的台詞以及哈迪斯調皮的眼神，吉兒忍不住笑了出來。

「好，我會讓您一生過得幸福。」

「我明白了，那麼我便娶妳為妻……現在不會才告訴我是騙人的吧？」

「才不會呢……我最喜歡陛下了。」

她用沒有人聽得見的聲音回答，哈迪斯也像說悄悄話般簡短回應：

「我也是──那麼，為各位介紹。今晚起她就是我的未婚妻，是相隔三百年的龍妃！」

哈迪斯抱起她的同時，她將魔力注入左手的戒指，讓金色的光芒落在會場中。做了一點表演

──沒錯，就當作是龍妃的祝福吧。

維賽爾站起來帶頭鼓掌。接著是笑著的艾琳西雅、板著臉的里斯提亞德、吃驚的娜塔莉、眼神閃閃發光的芙莉達，緊接著是整個會場都充滿了鼓掌與歡呼聲。

「恭喜兩位締結婚約，祝福龍帝與龍妃幸福快樂！」

「拉維帝國，萬歲！」

慶祝的鐘聲一起響了起來，同時施放煙火，帝都的街道上響起歡呼聲。

在這一天，天空都市拉爾魯姆的燈光與煙火照亮的夜空中，有人看到巨大的紫眼黑龍與年輕的金眼黑龍成對盤旋的身影，讓街道中充滿歡呼喝采，日後被詳細詢問到這件事的龍帝與龍妃只用苦笑以官方的回答帶過。

儘管是公布婚約的儀式，最終仍然是個社交場合。僅十一歲的年紀在這樣的場合實在待不住，不過若立刻離場對外在評價並不好。於是在揮手回應歡呼聲之後，吉兒到會場角落有個用厚重窗簾遮住桌子與沙發的地方，在艾琳西雅、娜塔莉與芙莉達的環繞下，等著可以離場之前打發時間。另一邊的哈迪斯則非常有皇帝的樣子，在里斯提亞德與維賽爾圍繞下接受眾人的關注。

這是吉兒第一次見到身處社交場合的哈迪斯。哈迪斯非常順利地應付前來打招呼的人們，吉兒簡直白擔心一場。他一點也無損皇帝的威嚴，又不帶有高壓的優雅。被他以笑容相對，一名在父親身邊正值花樣年華的千金小姐，會傻傻地仰望他也是無可厚非的。

「那個女生想要當側妃呢。」

娜塔莉從身後小聲地耳語，吉兒因此嚇了一跳。

「今、今天不是為了公布我的身分的宴會嗎？已經在進行了？」

「當然啊，表面上詢問讓女兒當龍妃大人的侍女如何云云，就是為了接下來讓她進來啊。」

「真是可靠的父親……」

她忍不住佩服起來。如此一來讓娜塔莉傻住了。

「妳也稍微緊張一點啊，不要事不關己的樣子。」

「吉兒姊姊和哈迪斯哥哥，感情非常好……大家都說，那是寵愛……連房間也都一直是同一間……」

大概是手上少了玩偶不習慣，芙莉達玩著自己的手指說道。端了輕食過來的艾琳西雅，在正面的位置坐下後交叉雙腿。

「說到這件事，吉兒，今晚開始妳就用自己的寢室如何？帝國兵已回到這裡，警備人手也足夠了。妳和哈迪斯雖然有婚約但還是未婚的身分，而且即將正式向克雷托斯王國報告和打招呼，也該對外面的評價有所留意了。」

「維賽爾殿下也那麼對我說了，但是不行。警備可是鬆懈到我一個人就能入侵呢。」

自從回到帝都後，就以哈迪斯的未婚妻身分，為吉兒安排了豪華的房間給她。只不過她認為不能輕易讓哈迪斯離開視線。因為吉兒每晚都會登門造訪，使得哈迪斯寢室的警備不斷加強，不過至今仍讓吉兒如入無人之境般鬆散。

「別說這種傻話了，要阻止妳可得出動整個師團。薩烏斯將軍——不對，他已經是薩烏斯軍務卿了，他非常頭大呢，說了每晚都敗給龍妃殿下。」

「這樣不是很好的訓練嗎？也正好能讓我睡前做做運動。」

「不過，哈迪斯可是比妳強多了耶，不必保護他到那種地步也沒關係。」

「我知道。但是我已經決定不會再讓陛下逃走了。如果被他逃走，到時要把他追回來的人可是我呢。」

吉兒認真凝望的眼神，讓艾琳西雅決定沉默下來。娜塔莉在左右交互看著艾琳西雅與吉兒的芙莉達身邊，伸手拿起餅乾開口：

「那會造成反效果吧？」

「咦？」

「我是指不讓哈迪斯哥哥逃跑的方法，為了不讓他逃走就追著跑，簡直跟小孩子一樣。不是由妳去追他，要讓他願意追著妳才是真愛吧？」

真愛——這個詞語雖然有吸引人的地方，但吉兒沒有點頭。

「可是我不可能離家出走啊……我希望自己能夠成為迎接陛下回家的妻子。」

「不必離家出走也做得到呀，那只是男女之間的拉鋸戰而已。」

「男、男女之間的拉鋸戰……是嗎？但是我對那種事很不拿手……」

「妳在說什麼？妳該不會以為有了婚約就能夠安心了吧？就算成為夫妻，把丈夫掌握在股掌之間，是身為妻子非常重要的工作喔！」

不知不覺間，話題方向就轉變了，卻讓人感到興奮不已，連芙莉達也津津有味地豎起耳朵。

彷彿看穿妹妹們心思的娜塔莉壓低聲音。

「真是傷腦筋啊，我只好特別傳授一下。妳就試著這麼說吧——……」

「吉兒，維賽爾皇兄說差不多可以回房間沒有問題了……怎麼了？」

輕輕拉開厚重窗簾的縫隙後，哈迪斯受到所有人的注視而眨了眨眼。艾琳西雅站起身拍了拍他的肩膀。

「加油啊，女人很可怕的。應該說我們的妹妹很可怕。」

「嗯、嗯……？那麼，吉兒，妳還要待在這裡嗎？現在我可以送妳回去。」

「我、我要回房間，陛下！」

吉兒慌忙站起身，娜塔莉對她露出意味深長的笑容，芙莉達則像是鼓勵似的對她握緊拳頭。她一邊零星地打招呼，讓哈迪斯抱著離開會場。比起擔心這樣抱著離開是否會太像個孩子，她現在正專注於反思著娜塔莉說的話。

「我還得回到會場去。」

如此說道的哈迪斯，在為吉兒準備的房間門前放下她。

「今天我回房的時間會很晚，妳先睡吧。而且我可能不會回寢室……」

這麼說來，哈迪斯最近對於和吉兒一起就寢，已經逐漸不會大驚小怪。而對於維賽爾苦勸著要他們分寢的事也不提出反對了。

「而且我認為今天讓警備休息一下也可以喔，妳今天應該也累了。」

甚至現在又像這樣，對吉兒說出彷彿是要跟她拉開距離的話。

大概是因為相信吉兒不會離開而產生了餘裕吧。那倒是令人單純地感到高興。

「啊，妳如果想在我的房間等當然也可以啦……」

——但是，為什麼呢？

（真是一點都不有趣。）

「我知道了，我不會等您，會在自己的房間睡。今天起，我不會再去陛下的寢室了。」

吉兒如此宣示之後，哈迪斯原本單方面交代事情的口吻突然慌亂得有趣。

「為、為什麼突然變這樣？昨、昨天妳還說著絕不會照維賽爾皇兄所說的去做，為了要和我一起睡而突破警備過來的，為什麼？」

「我仔細想想，對於大伯所說的每件事都這樣斤斤計較，實在太孩子氣了。現在和陛下完成婚約，正好是個好機會，我們各自睡吧。」

「等、等等，吉兒！我做了什麼嗎？」

然而這麼做不是為了讓他感到不安，在緊緊抱住哈迪斯後，哈迪斯安靜了下來。

「不過為了陛下能夠夜訪，給您露台的鑰匙。」

當她把娜塔莉教她的話原封不動地說完後，哈迪斯站在原地愣住不動了。

吉兒在因為奇妙地優越感讓自己差點笑出來之前，趕忙打開房門。在關上房門前從縫隙看出去，哈迪斯還僵在原地。

「請不要讓我等太久喔，陛下。」

她背對門將門關上後，一股發癢的感覺從腳底湧了上來。

等待未婚夫在夜晚偷偷到寢室夜訪。這就是大人的戀愛拉鋸戰。

（我的戀愛技巧有提升了嗎？）

因為實在太過坐立難安，她便撲到那張一次都沒使用過的床鋪上。

回想哈迪斯剛剛的神情，便忍不住踢著雙腿。能讓那個說自己不懂愛也不懂戀愛的美麗男子像那樣愛上自己，戀愛真是了不起。以後要磨練提高自己的戀愛戰鬥力。

「絕對不會讓你逃走。」

哈迪斯會怎麼做呢？這房間裡至少也有羅在，他應該是真的想和吉兒一起睡。不過若要用大人的方式成熟應對，就無法偷偷潛入。

光是想像就讓人開心得不得了，吉兒抱著枕頭左右不斷翻滾。

「──拉維！」

「我是真理和天空的神，你自己想辦法解決。」

「我會啦！我會想辦法但那樣實在太詐了！那個表情……」

他說到一半便用手遮住嘴巴。為了藏起現在才開始發熱的臉，哈迪斯蹲了下來。

那個笑容和那個邀約全都犯規。夜訪這個詞的破壞力也非常驚人。

不知道吉兒是不是有發現？當她抱著自己時，她頭的高度正好在哈迪斯的心臟附近。

還有她即將關上門前的神情，非常美麗，有股成熟的神情。

（……還要過幾年……最快也要三、四年？）

她說不要讓她等太久又是怎麼回事？在等待的人明明是自己才對啊。愈想愈搞不清楚，眼花了起來。

「……啊啊真是的，得抓住她才行。」

那麼今晚偷偷進入她的寢室究竟是對？還是錯？

哈迪斯站起來。

他的雙腿走向的前方，是用愛與真理都無法解釋的，只屬於兩人的祕密。

後記

初次見面，或者該說好久不見。我是永瀨さらさ。

丈夫小女孩與妻子皇帝，他們的故事也完成到第三本書。根據WEB版內容做了增添修改，希望各位能夠看得開心。

這次是哈迪斯（往好的方面）獨自一人努力的故事。雖然還是多少有一點岌岌可危的地方，但在吉兒出現後變得完整。

自從WEB連載開始時，大家說女主角也就罷了（？），一下被說是通報皇帝、一下被說是概念小女孩的哈迪斯，在他成為厲害的英雄之前，如果大家能夠守護他，我會非常高興。是英雄喔！會變成英雄呢！（重要的事要說兩次。）

這次有附加其他很豐富的特典，請大家要去官方網站等地方確認資訊（註：此為日本出版狀況）。

另外，由柚アンコ老師執行漫畫版的內容正在月刊Comp Ace連載，漫畫第一集也正在販售。柚老師的漫畫版作品實在非常優秀，請大家務必入手支持！真的一直以來受到柚老師的關照，非常感謝。

接下來是謝詞。

藤未都也老師，這次也非常感謝您創作精緻的插圖！封面與插圖裡的羅非常非常可愛，可愛到受不了。

編輯大人，有勞您幫忙許多協調，往後也請多多指教。

其他諸如校對人員、編輯部的各位、設計師、業務人員、印刷廠的各位，我誠心地向參與這本書出版的所有人士獻上感謝之意。WEB連載中大家所留下的感想與意見，都成為我每天的活力來源。

最後，是閱讀這本書的各位。非常謝謝大家一直支持吉兒一行人。希望自己能讓這個故事的後續繼續呈現給大家。

那麼，期許以後能再相見。

永瀬さらさ

假定反派千金似乎要嫁給全國最醜的男人

Kadokawa Fantastic Novels

作者：惠ノ島すず　插畫：藤村ゆかこ

受到的懲罰是與全國最好看的男人結婚！
這遊戲世界的價值觀怎麼回事!?

　　轉生到陌生女性向遊戲的艾曼紐，回過神來已經以反派千金的身分遭到定罪。不過，她受到的懲罰竟然是嫁給全國公認最難看的邊境伯爵——魯斯！明明魯斯的個性和外貌都是全國最優秀的，真是暴殄天物——我會讓這段戀情成真！

NT$220/HK$73

我和班上第二可愛的女生成為朋友 1~4 待續

Kadokawa Fantastic Novels

作者：たかた　插畫：日向あずり

大受歡迎的戀愛喜劇動畫化企畫進行中！
真樹與海迎接意想不到的二年級新生活！

儘管兩人被分到不同的班級，不過上學前仍然是真樹與海的寶貴相處時間。新的互動方式很新鮮，被海的新朋友視為「海的男朋友」，真樹的人際關係也有所拓展。在自己班上也有新的相遇……眾人之間既有合作也有碰撞。青春與戀愛萌芽的第四集！

各 **NT$250~270/HK$83~90**

複製品的我也會談戀愛。 1 待續

Kadokawa Fantastic Novels

作者：榛名丼　插畫：raemz

十六歲的夏天，
身為分身的我，青春開始轉動。

身體不舒服的日子，有麻煩值日生工作的日子，要定期考試的日子……碰到不想去學校的日子會被叫出來的分身，那就是我。沒辦法自由外出，人生的使命是代替本尊工作。原本明明應該如此，我卻談戀愛了。所有一切都是借用的我，只有這份愛意專屬於我。

NT$250/HK$83

2
哥布林千金與
轉生貴族的
幸福之路
為了未婚妻
竭盡所能運用
前世知識
新天新地
【插畫】とき間
Shinten Shinchi PRESENTS
Kadokawa Fantastic Novels

美里活在貓的眼眸裡

Kadokawa Fantastic Novels

作者：四季大雅　插畫：一色

第29屆電擊小說大賞金賞作品
我與妳透過貓的眼睛相遇——

大學生紙透窈一擁有窺視眼睛就能讀取過去的能力。在無聊的大學生活中，他透過一隻野貓的眼睛，邂逅了能夠看見未來的少女——柚葉美里。透過貓的眼睛就能與過去的世界對話，令窈一感到驚訝不已，他卻隨即從美里口中得知驚人的「未來」……

NT$270/HK$90

可以僱用我一輩子嗎？
～與不苟言笑的魔法師共同展開的二次就業生活～
1
yokuu
插畫：烏羽雨
Kadokawa Fantastic Novels

明日，裸足前來。 1~3 待續

Kadokawa Fantastic Novels

作者：岬鷺宮　插畫：Hiten

青春×時間穿越，迎來劇情最高潮！
賭上未來的文化祭篇即將揭幕。

二斗為了以藝術家身分邁向更大的舞台，正為了文化祭的演奏會做準備。但她明白「天才」的成功——會毀掉某個「凡人」的未來，這個煩惱也成了束縛……所以我這個「凡人」代表決定要拯救她，也將勇敢迎戰過去不敢面對的才能怪物——nito。

各 **NT$240/HK$80**

國家圖書館出版品預行編目資料

重啟人生的千金小姐正在攻略龍帝陛下/永瀨さらさ作；李冠妤譯. -- 初版. -- 臺北市：臺灣角川股份有限公司, 2024.06-

冊；　公分. -- (Kadokawa fantastic novels)

譯自：やり直し令嬢は竜帝陛下を攻略中

ISBN 978-626-400-084-0(第3冊：平裝)

861.57　　113005000

Kadokawa
Fantastic
Novels

重啟人生的千金小姐正在攻略龍帝陛下 3

（原著名：やり直し令嬢は竜帝陛下を攻略中 3）

2024年6月17日　初版第1刷發行

作　　者：永瀬さらさ
插　　畫：藤未都也
譯　　者：李冠妤
發 行 人：台灣角川股份有限公司
總　　監：呂慧君
總 編 輯：蔡佩芬
主　　編：林秀儒
編　　輯：楊芫青
設計指導：陳晞叡
美術設計：周欣妮
印　　務：李明修（主任）、張加恩（主任）、張凱棋、潘尚琪

發 行 所：台灣角川股份有限公司
地　　址：104台北市中山區松江路223號3樓
電　　話：（02）2515-3000
傳　　真：（02）2515-0033
網　　址：www.kadokawa.com.tw
劃撥帳戶：台灣角川股份有限公司
劃撥帳號：19487412
法律顧問：有澤法律事務所
製　　版：巨茂科技印刷有限公司
ＩＳＢＮ：978-626-400-084-0